上埜月子

KONO
Tsukiko

カクテルグラスの夜景

Cocktail
glass-like
night view

文芸社

もくじ

カクテルグラスの夜景

プロローグ

「資料室」と室名プレートが掲げてある部屋の中から、一人の男がそっと出てきた。歳の頃は二十代、モスグリーンのジャケットに灰色のズボン。あたりをうかがいながら、そわそわと落ち着きがない様子である。

大丈夫、今日は日曜日だから、誰もいるはずがない。彼はそう自分に言い聞かせた。三階の他の部屋は閉まっていて、静まりかえっている。音を立てたくないが、古い造りのドアなので、閉めるときに大きくきしむ音がする。

彼が、先ほどから誰かに見られているような気がしてならなかったのは、休日出勤を申請せずに内緒で出てきたからだ。カード式の鍵で施錠すると、彼はジャケットのポケットからボタンを取り出してまじまじと見た。彼のジャケットのボタンとは違うものだ。宙に軽く投げ上げて横からつかみ取るとまたポケットに収めて歩き出した。

昭和初期に建てられ、市の歴史的建造物にも指定されているこの市役所別館は、天井が高く、贅沢に空間を使った大きな吹き抜け、四階まで続く幅の広い螺旋《らせん》階段が特徴であるが、人っ子一人いないとまるで遺跡のようだ。

彼が階段を降りようとしたそのとき、エレベーターの扉が開いているのを目にした。ちょうどおあつらえ向きに、まるで自分を出迎えているように開いていた。

彼はちょっとためらった。いつもはエレベーターを使わない主義なのだが。でも、まあいいか。今日はなんだか疲れた。こんな日ぐらい使ってもいいだろう。そう思い、男は飛び乗った。

彼は飛び乗ったつもりだった。確かに足をエレベーターの床と思われるところに置いた。しかし、彼はバランスを失い、足を踏み外した。そこにあるはずの床がなかったからだ。

突然、異次元のだだっ広い空間に体ごと放り出された。わけが分からず、手足をバタバタさせ懸命にもがいた。

何の冗談なのだろう。誰のいたずらなのだろう。いったい我が身に何が起こったのか。

必死に思い巡らせたが、気がつけば、彼はただただシャフトの中を落ちていった。

まわりの灰色のコンクリートの壁がぐんぐんせり上がっていく。

ひゅうひゅうと体が風を切る。

これはまるで子供の頃に見た、落ちていく夢そっくりじゃないか。

でも、夢なら覚める。これは夢ではない。絶対に違う。

彼は体の重みで加速度をつけて落ちていく。絶望的な叫び声が口からほとばしり出て、大きな反響となって彼の全身を包んだ。

不機嫌な職場

早川清司《せいじ》は「急いでください」とは言わなかった。

しかし、タクシー運転手は清司の思いつめた表情から察したのだろう、バス通りを外れ、斜めの細い脇道にするりと潜り込んだ。

伸びた木の枝が入り口を覆い隠す獣の巣のような下り道で、車がすっと沈み込むような感覚を味わった。

こんな狭い道を大きなタクシーが通れるのだろうか。清司は冷や冷やして前の座席の背もたれをつかんだ。

すると「こっちの方がずいぶん早いんですよ」と運転手。

言葉どおり器用なハンドルさばきで、車体を右に左に振りながら滑らかに走行する。瓶の口のような隘路《あいろ》を抜けると、中は存外広くふくらんでいて、まるで大きな壺の中にある町のようだ。

そこには、昭和の時代から時が止まったような町の風景が広がっていた。昔風情《ふぜい》の量り売りの米屋さんや、赤白青の円柱看板が回る理髪店、こぢんまりとしたクリーニング店。

今も営業しているのか近づいて確かめないと分からないが。おや、あそこには小さな子を連れてゆっくりと散歩するおばあさんや、立ち話をしているご近所さんたちがいる。昔は町内にこういった人の集まる場所があったものだ。

清司は、ふーっと息をもらしタクシーのシートに深々と体をあずけた。

目が覚めるような発見だった。今までまるで気づかなかった。自分が寄り道することもなく脇目も振らず、ただ往復していただけの道のすぐそばに、一歩踏み込めば、もう一つの町の表情があったなんて。五月の憂鬱が少しだけ吹き飛んだような気がした。

小さな町の向こう側には、表通りに面した低層ビルやマンションの背面が見えたが、裏から見ると、猥雑で貧相な感じがした。

日頃は、言わば、建物のきれいな表看板しか目にしていないが、芝居のセットの書割に描かれた風景のようなものだ。今は裏側に回って仕掛けを見ている。セットの内部はこんな風になっている。

そう言えば、恋人の松木えり子とドライブした時、彼女が言っていた。

「いつもは通り過ぎてしまう小さな道に、ほんの気まぐれで飛び込んでみたら、思いがけない場所に出てしまって、びっくりしたことってない？　切れ切れに見えていた道が、実は全部ひとつにつながっていて、最終的にここに至っていたんだということが分かったとき、長年の謎が解けたようで、すごくすっきりしたわ。どうして今までこの道を試さなかったのかと不思議に思うぐらい」

自分はハンドルを握りながら「そうだね」と頷いた。言い得て妙だと思ったものだ。

彼女はそのときこうも言った。

「でも私は基本的に大きな道の方がいいの」

「どうして？」

「だって安心だから」

「まあ、それはそうだけど」

「見通しの悪い道は曲がり角で一回一回止まらないといけないでしょ。横から急に何かが飛び出してきてドキッとすることがあるわ。やっぱり安全が第一よね。だから私は時間がかかっても大きい道の方を通るの」

清司は、彼女とのやり取りを今、不思議な感慨をもって思い返していた。数か月前のえり子の例え話は、はからずも今の自分の状況を言い当てている。

職場の人間は当てにならない。いきなり道に飛び出せば、思わぬ障害物に突き当たる。ブレーキをかけながら進まなければいけない。

行く手に丁字路が見えた。この丁字路が曲者なんだ。この先に何が待ち受けているか分からない。手前から様子を窺って、一旦停止を怠らず、左右を何度も見渡して。ふーっ。タクシー運転手は道を熟知しているのか、カーブミラーや標識を目印に、右、左と角を曲がり、住宅地の中を滑るように縫っていく。

清司の思いもまた迷走する。

誰に相談すべきか、いつ打ち明けるべきか、どのように話すべきなのか、なかなか考えがまとまらない。

角を右に折れたタクシーは、ようやく元の大きなバス通りに出た。バス通りを五分ほど走ると、青い空を背景に十年ほど前に建て替えられた市役所本館が姿を現した。街の一等地に建つ十三階建てのビル。玄関前のプロムナードのけやき並木が大きく風に揺れている。

清司は、この陰影の濃い、目にしみて懐かしい緑の並木が大好きだった。一仕事終えてやっと帰ってきたというほっとした思いになる。だが、タクシーは本館の前を無情にも通り過ぎていった。

本館が清司の職場だったのは二か月前までのことで、今の清司の帰るべき場所は、そこから一〇〇メートルほど行った先、本館の斜向かい、通称「別館」と呼ばれている古い小さな建物で、そこは「帰りたくない」場所だった。今日は出がけにひと悶着あったので、余計に「帰りたくない」気持ちに拍車がかかっている。

平成十五年の四月、早川清司は「市民課」から「資料室」に異動を言い渡された。S市役所入庁二年目にして初めての異動が別館勤務だ。

辞令を受け取ったとき、まさかと思った。「なぜ自分なのか」と驚きもした。

本館から別館に移るというのが都落ちのようで悲しいが、「資料室」というのがさらにショックに追い打ちをかけた。

そこは、本館の職員が名前を聞くと「ああ、例のあそこの」と途中まで言って口元を押さえ、ぷっと吹き出すようないわくつきの部署だったからだ。

仕事の中身に問題があるわけではない。

S市は四年前の平成十一年に市制一〇〇周年を迎えた。その記念事業の一つの柱として同年「市史編纂事業」が始まった。

今は、編集委員の助言を受けながら資料収集を進めている最中だ。十年以上かけて進めるプロジェクトで、前段階の「記念事業準備室」のときから含めると今年五年目を迎えている。

大変立派な名目が立っているが、ただその進捗ペースが他所《よそ》と比べて緩やかなため、病気がちで養生の必要な人を受け入れていたら、いつの間にか、病弱な人、他の課では扱いづらい人、問題を起こして第一線から外された人の引取先のようになってしまった。

本気で仕事をするつもりだった初代の室長はこの事態が大いに心外だったらしく、最初のうちこそ嘆いていたが、そのうち冗談では済まなくなってきた。

そもそも病人や、やる気がない人ばかりでは、課としての体制が整わないではないか。そう考えた室長は、人員要求の際に「役所で一番元気な人をお願いします」と人事課に頼んでいたら、「二番目に元気な人です」と気の利いた触れ込みとともに若手＝清司が送り込まれたのだった。

必然的に、その貴重な人材の肩に相応な重荷がふりかかってくることになった。

そこに指名されたということは、優秀な人物と見込まれたのかもしれないが、清司は面白くなかった。全くもって損な役回りだ。

「君なら大丈夫だよ」「ほんの少しの辛抱だ」「十分やっていける」と励まされたが、そんな言葉は何の慰めにもならない。

「適任者は他にもっといるだろう」と大声で抗議したかった。

去年の若手は、重圧が招いたのか、一年目だったというのに不慮の事故で途中退場となった。どこかから転げ落ちたとか、そんなことだった。

その話についてはタブーなので、彼が今どうしているか、療養中なのか、復帰するめどが立っているのか、詳細は分からない。

清司もかつて彼を一度庁内で見かけたことがある。ああ、あの人かと思った。先入観があるせいか、憂鬱そうな顔をしているように見えた。大変そうだなと同情した。そのときはまさか自分が翌年配属になろうとは思わなかった。

……僕は去年の彼のようなことにはなりたくない。いや、絶対にならない……

タクシーが別館の車寄せにつけた。清司はタクシーチケットに記入して運転手に渡し車を降りた。腕時計を見ると四時半だった。

別館は箱型の四階建て、薄いエビ茶色のタイル張りの建物である。昭和初期に高名な建築家Yによって建てられた市の歴史的建造物で、堅牢な石造りのファサードは堂々としたものだ。保存するべきか、改修するべきか、または取り壊しか、と長年論議の的になっている。折からの夕日を浴びて蜃気楼のように霞んで見える。まるで遺跡のようだ。

そう、過去の遺跡。夢のあと。「資料室」は以前、前市長が部下十数名を従え、権勢をふるっていた「執務室」だった。重要な決定が下される司令塔であり、市の中枢と言っていい場所だった。職員は皆、誇りと緊張感にあふれた面持ちで、忙しく働いていた。

それも今となっては昔話だ。十年前に道路の向かい側に新しく建て替えられた本館にその機能は移ってしまった。今は何の関係もない。清司はふっとため息をついた。

過去の栄光、過去の権威。いつまでもそんなことにこだわっているからいけないのだ。今の現実をしっかりと見なければ……。

正面玄関から入ると中は天井が高く、中央が吹き抜けになっていて四角の螺旋階段が四階まで続いている。奥にエレベーターがあるが「三階までは節電のため使わないようにしましょう」と張り紙が貼ってあるので清司は階段を上る。

廊下に掲げてある室名プレートを見ても、市役所別館に入っている組織は脈絡のない寄せ集めの集団だということがよく分かる。本庁のようにワンフロア丸ごとが「福祉部」「土木部」のようになってはいない。組織改編で課の数が増えて本館から押し出されたものや、カテゴリーに入りきれないもの、例えば「資料室」のように一時的なプロジェクトや、外郭団体の「日中友好協会」だとか「ヘルパーセンター」だとかがひとつのフロアに同居している。それはそれで面白いかもしれないが、お互いに連帯意識を持てない半端なビルなのだ。

清司が重い鋼製のドアを開けると、室内にはどんよりとした空気が立ちこめていた。正面の奥には室長が椅子の背にもたれかかり新聞を広げて読んでいる。「へのへのもへじ」

にそっくりの機嫌の悪そうな顔で。

清司は机にカバンを置くと、すぐに室長の席に報告に参じた。

「ただいま戻りました」

室長は、新聞からゆっくりと目を上げて清司を見た。

「用が終わりましたので、先ほどの件すぐに取り掛かります。あの、もう一度聞かせてもらえますか」

「先ほどの件、ああ、あれね」

わざとらしく高い声を出して、新聞をばさばさと音を立て二つに折り畳み、ぴしゃりと机の上に置いた。

「そのことだったらもういい」

「え、でも」

「それはもう終わったんだ。君が忙しそうだったから熊田君に頼んだよ」

あわてて熊田の方を振りかえると、大きな図体ですました顔をしてパソコンに向かっている。熊田は聞こえないふりをしているが、よもや聞こえていないとは言わせない。こういうときはいつでもポーカーフェイスなのだ。

どこかでくすっと忍び笑いが起きた。清司は背中がかっと熱くなったのを感じた。

「すみませんでした」

条件反射で頭を下げたが、内心何で俺が謝らなくちゃいけないんだと思った。

「熊田さん、最近仕事忙しいみたいだな」

「誰かさんが仕事さばけないからだろう」

ひそひそ声の声色には妙に愉快そうな調子が込められていた。

またか。これで何度目だろう。清司は自分の席に戻りながらがっくりと肩を落とした。嫌がらせのパターンができてしまったみたいだ。変更不可能な出張、絶対に外せない会議など、清司が忙しい時に限って……と言うよりは、まるで忙しいときを狙ったかのように、室長が大して急ぎでも重要でもないような案件を持ってくる。

そこでやむを得ず清司が断って後回しにしたものを、熊田が喜んで引き受けるという流れができてしまった。あらかじめ打ち合わせしているわけでもなかろうに、その辺はびっくりするような阿吽《あうん》の呼吸だった。そして周囲もそのやりとりを面白がっている、清司以外は。

「こんな息の詰まるような職場はいやだ」

清司は、日当たりがよくオープンフロアで広々としている本館が恋しかった。別館は日中でも蛍光灯をつけていないと薄暗く気が滅入るが、さらに室内の空気を重苦しくどんよりとさせているのが、現在の二代目室長だ。一年前まで副室長だったが、初代室長が異動して繰り上がり昇格となった。

初代室長は、「資料室」を離れたあと市役所の要職に就いている。課の中でただ一人ポジティブなやる気にあふれ、明るい人柄と強力なリーダーシップで皆を牽引していたという。

五年前に市の市長選挙があった。再選確実と言われた前市長は、大方の予想をくつがえして僅差で破れた。そしてお約束通りに何名かの側近は閑職に追いやられた。いわゆる「報復人事」というやつだ。

そのうちの一人が、前市長の第一秘書だった現在の室長だ。他の側近たちは一、二年のみそぎ期間を経てまもなく重要ポストに返り咲いたというのに、室長はなかなか復活の目途も立たず、いまだ別館に据え置かれたままの状態だ。

「異動の時期になるとピリピリムードが漂ってたまらなかった」

「自分より先に巣立っていく若手に厳しく当たるのもそのせいだ」

と資料室の内情を知る人は言う。

室長席の右席と左席には二人の審議員が控えている。彼らは定年間近で室長よりずっと年上だが、定年をつつがなく迎えるのが第一目的なので、彼らが室長に対して口を挟むことはない。

その一方、前市長のカバン持ちの時代を知っている人の中には「本来ならこんなところに留まっている人ではない」と擁護する人もいる。

「昔のあの人はすごかった。決して侮ってはならない人だ」と力を込めて言う人も。

そうだろうか。過去は問題じゃない。今が全てじゃないのか、と清司は思う。今が大事。

「へのへのもへじさん」

ちょっと前から室長に対するフラストレーションが溜まってきて、清司は室長のことを心の中でそう呼んでいた。もちろん誰にもしゃべっていない。室長だなんて呼びたくないし、名前を呼ぶのも親愛の情がある人だけで十分だ。別の名前、つまり仮面をかぶせて「あの人はこういう人だから仕方がない」と客観視しなければ気持ちが和らがない。

へのへのもへじさん。何といっても顔が似ている。への字の形をした上がり眉、不満を抱えた口元。何を考えているか読み取れない表情。清司を見る目はガラス玉のように感情のない目だ。

昭和初期に建てられたという天井の高い別館は、昼間でも薄暗く、向こうから歩いてくる人物はシルエットしか見えない。消灯している昼休みはなおさらだ。廊下を歩いていて、暗がりの中から室長の姿が白く浮かび上がったとき、その異様さに驚いたことがある。のっぺりとした暗い表情、首を前に突き出した前傾の姿勢、音も立てずひっそりと歩くその姿はまるで亡霊のようだった。

過去の栄光に囚われ、恩讐《おんしゅう》の館の中を今もさまよい続けている亡霊……。

そして清司のもう一人の天敵は、若手六人を牛耳っている熊田、通称「ヒグマ」だ。名前のとおり獰猛な目つきと威圧的な体格で若手を束ねている。否、睨みを利かせているると言った方がぴったりかもしれない。逆らったりすると面倒なので彼らはしぶしぶヒグマに従っているだけに違いない。親しんでいるわけではない。熊田が〝新入りの清司には協力するな、甘い顔をするな〟と裏で言い含めているのだ。熊田さえいなかったら、他のメンバーはもう少し清司に優しかったのではないかと残念に思う。

熊田だけが一人突出している。他のメンバーは平均的というか没個性的というかおとなしい。それは名前によく表れていた。

山中、中田二人、田上、山本、それに岩村、村上。

「しり取り」やトランプの「ポーカー」ができそうなぐらいこの課の名前は全員つながっている。誰かが遊び心を発揮して揃えたのではないかと思うぐらい、偶然にしてはよくできている。清司は座席表を見るたびに感心した。おかげで紛らわしくて顔と名前がなかなか覚えられなかった。

「今日から昼休みにバレーボールの練習をやる」

突然、熊田が言い出した。秋の恒例行事、全庁挙げてのバレーボール大会に向けての準備だという。

別館裏庭にはちょうど職員のための小さな運動場があり、バレーボールやテニスコートがある。時間外のサークル活動に使っているものだ。時折開け放った窓の下から、ボールの弾む音やかけ声、笑い声が聞こえてくることがある。

ただ問題があった。昼休み、年配の職員たちはほとんど出払ってしまうので、若手までいなくなると室内は無人になる。いくら来客の少ない別館だからといって、全員席を離れてもいいものだろうか。清司は自分が留守番で残ることにしようかと思ったが、練習に乗らなかったら乗らなかったで、陰でいろいろ言われるに違いない。清司は直接声をかけられたわけではなかったが、熊田が人前で大っぴらに言ったことは命令に近いのだ。結局、消去法で参加することにした。

いざ練習を始めてみると、日ごろ覇気のない連中が、まるで別人のように溌剌とかけ声を上げ、きびきびした動きを見せるのに驚いた。清司は午後の仕事のことを考えてほどほどにセーブしていたが、彼らはおかまいなしにコートを駆けまわり、たちまち全身汗だくになる。午後はきっと眠くてたまらないだろう。彼らは仕事の合間にバレーボールをやっているのか、バレーボールの合間に仕事をやっているのか、さてそのどちらだろうか。清司は自分では面白い謎々を考え付いたつもりでクスッと笑ったが、この場ではすぐに言えないことに気づき残念に思った。今度えり子に会った時に披露しよう。

そのとき、ふとプリンターで帳票の出力をしていたのを思い出した。データの量が多いので昼休みの時間を利用して済ませようと思ったのだ。すっかり忘れていた。今ごろ大量の紙があふれ出し床に渦を巻いているかもしれない。いったん気になり出すと心配でたまらなくなった。傍にいる一人に「ちょっと戻ってくる」と小声で言うと、そっと練習から外れた。

室内には誰もいなかった。年配の職員たちもまだ外出中のようだ。紙は思っていたほどひどい雪崩状態ではなかった。なんとか順調に打ち出していた。先頭の数枚を折りたたみ、その上にうまく下りて重なっていくように位置を調整した。しばらく側に立って流れ具合を見守って、これで取りあえずは大丈夫と、清司が練習に戻ろうとしたときだった。

「あのー」と遠慮がちな声が背後から聞こえた。振り返ると後方入口ドアのところに封筒を抱えた若い女性が立っていた。所在なげな様子を見ると、少し前からそこで待っていたのかもしれない。

「お昼休み中なのにすみません」

女性は清司と目が合うとぎこちなく微笑んだ。

「今日は用事で書類を届けに来たんですけど、私、アルバイトで三月までこの室で働いていたんですよ」と女性は言った。

「ということは僕とはちょうど入れ違いですね」

「ええ、そうですね」

彼女は上の空で返事をすると、急に声をひそめて、

「あの子まだいるんですか」

「あの子って」

「よし子さんです」

今いるバイトの子のことだ。

いつも退屈そうにして、引き出しに菓子を潜ませ、しょっちゅうつまみ食いしている。

声をかけられると「ふぁい」とか「ほい」のような気の抜けた返事をするあの娘だ。

清司が用事を頼むと露骨に不機嫌そうな顔をするし、仕事ぶりもぞんざいだ。一度、資料の発送作業を頼んで、袋包みの出来上がりの汚さに驚いた。それ以来、清司は彼女に手伝いを頼むのを躊躇している。どんなに彼女に煙たがられようが、毅然として何度も分かるまで指導すればいいのだが、「自分がやったほうが早い」と思ってしまうのが清司の損な性分だ。

一方で彼女は熊田たちのたわいのない冗談には「きゃはは」と声を立てて笑い、彼らの用事は快く引き受けている。やり直しにも応じているようだ。自分のいないところでは和気あいあいとした交流があるのだ。それもこれも室長や熊田の圧力のせい。

「年度末の忙しい時期、バイトは二人だったんです。私と同じ時期に入ったのに彼女だけ延長して残ることができたんですよ。それって規則違反ですよね」

アルバイトの雇用は市の規定で半年間ということになっているが、よし子嬢は「ある有力OBの紹介だからいつまでも好きなだけいることができる。室長はその人の言うことには逆らえないから」と以前から得意げに話していたそうだ。

「別館で人の目が届かないから好き勝手なことができるんです。本庁では目が光っているから、目こぼしはありえないのに」と彼女は悔しさをにじませた。八の字の眉毛がますます嘆かわしそうに下がった。清司はその気持ちは痛いほどわかった。

「室長とよし子さんとは顔を合わせたくなかったので昼休みに来ました」と言って彼女は帰っていった。

清司が裏庭に戻るとなぜか練習は中断されていた。コートの中央に七人が輪になって集まっている。彼らは疲れたので休憩しているのか、それとも作戦会議でもしているのだろうか。清司の側から背中しか見えない人もいるので彼らの表情はよく分からない。

「まだ戻ってこないのか。黙って抜けていったんだな」

熊田の声が聞こえた。「やっぱりあいつはここに馴染まないな」

熊田が手に持っていたボールをトントンと地面に弾ませた。その音が清司の胸に直接響いた。コートに駆け寄ろうとして足が止まった。

「あいつ」というのは自分のことに違いない。

うすうす感じてはいたものの、こんなに熊田自身の口からはっきり聞いたのは初めてだった。理由は全く思い当たらない。体中から力が抜けていくのを感じた。いったい、自分が何をしたというのだろう。熊田は「やっぱり」と言っていた。最初から熊田たちは何らかの思惑を持って色眼鏡で見ていたということだ。この場で問い詰めてその真意を問い質すとか、誤解を解いて自分を理解してもらおうという気力は湧いてこなかった。何も聞こえなかったふりをして清司はコートに走った。

風通しのいい職場

「こんなところで働けるなんて最高じゃない」

松木えり子は市役所本庁舎七階企画課の窓から外を眺め、うっとりとつぶやきをもらした。「オフィスで働くって、まさにこういうことなんだわ」

市街地の中心地にあり、この界隈では最も大きなビルのひとつ、十三階建ての市役所本館。広い窓からは遠くまで見渡せる。すぐ下の大通りを走っている車がまるでおもちゃのように小さく見え、手を伸ばせばひょいとつかめるかのように思える。

こんなことを言えば皆に笑われるかもしれない。特に男の人たちには。

「やっぱり女の子の言うことって分からないな。仕事は小さい事務所だろうが、古い建物だろうが、どこで働くのかは問題じゃない。そんなことで仕事の値打ちは決まらないよ。何をやってるかが問題なんだから。内容とか質が問題なんだ。小さい事務所でも発信力や影響力が大きい仕事、後世に残る重要な仕事がある」

でも「これだから女の子は」そう言っていた清司だって、本館から別館に異動になったらかなり落ち込んでしまっていた。会っているときもぼんやりすることが多くなって、えり子から話しかけても、何も話してくれなかった。一時期は、まるで別人になったみたいに性格まで変わってしまって心配したものだった。

　そのときのことを思い出すとえり子は急に暗い気分になった。彼女は気分転換にお茶休憩しようと思って給湯室に行くと、先に先輩の向井が来ていた。

「あら、あなたもなの。一緒にお茶する？」

　向井は親切にもそばの食器棚を開けて来客用の湯飲みを取り出そうとした。

「先輩。今日で一週間。さすがにもう自分のコップは持ってきていますよ」

　えり子はダヤンの猫のマグカップを振って見せた。「でもお心遣いありがとうございます。マトリョーシカ先輩」と心の中で付け加えた。

　向井は白い前歯を見せて笑った。彼女はえり子より二歳年上だと聞いているが、先輩風を吹かせたり、威張ったりということは全くない。丸い顔に黒い前髪を斜めに撫でつけた髪形、丸くぱっちりと見開いた目、小さく上品な口元。えり子は初めて見たとき、「ロシアの民芸品マトリョーシカ人形にそっくりだわ」と思った。以来えり子は心の中で彼女のことをマトリョーシカ先輩と呼んでいる。

「お茶缶はこれ、紅茶はこのティーバッグ、そしてインスタントコーヒー、本格的なコーヒー飲みたかったらドリップバッグ使ってね」

「はい。じゃ私、本格コーヒーいただきます」

「あ、それならお金そこに入れといて。後でかまわないけど」

「もしかしてこの箱のことですか」

えり子が紙の空き箱で作られた小さな貯金箱を指さす。もともとドリップバッグが入っていた箱なのだろう。南国らしい青い空、海に浮かぶ島。そして島に一本のコーヒーの木が立っていて鳥が飛んでくる絵が描いてある。箱の上に「一杯三十円でしあわせに」と書かれた付箋が貼り付けてある。

「そういう意味だったんですね」

「飲む人たちだけで割り勘なのよ」マトリョーシカ先輩は笑顔でうなずいた。「これは課長の紹介で特別に持ってきてもらっているもので、経費で落ちないの。フェアトレード商品でオーガニックコーヒー。身近な国際協力だし体にいいから、好きな人はぜひ飲んでみてって言われたわ」

「岩田さんからですか」

向井がぷっと吹き出した。

「いない時は別に課長でもいいのよ。あなたは本当に律儀な人なのね」

えり子は恥ずかしくなって下を向いて口をとがらせた。

「だってそう聞いたんですもの。隣の席の人がさっそく耳打ちしてきたんですよ。ここでは役職名で呼ばなくていいんです。みんな名前で呼びます。『さん』付けです。主任も係長も『さん』、だから課長も岩田さんでいいんですって。私、からかわれたんですか」

向井は笑うのをやめた。

「そんなことないわ。『さん』付けで呼ぶのは課長の意向なのよ。何でも自由にのびのびものが言える風通しのいい職場にしようねって。民間企業では珍しくはないんだけど、役所の中では画期的なことなのよ」

「役所は何といっても縦社会ですからね。肩書は重要ですよね」

「ええ、そうね。その傾向は出先より本庁の方が強いと思う。出先は課長も若いし、気軽にいろんなことが話し合える雰囲気よね。でも安心して。この企画課は堅苦しい雰囲気はないわ。慣れるまでに時間がかかるかもしれないけど、間違いなく言えることは、この企画課には嫌な人は誰もいないということ、それだけは自信もって言えるわ。私が保証する」

と向井は言った。

「安心しました。それが何よりです」

二人は顔を見合わせにっこりと笑った。

松木えり子は六月一日付けで企画課に異動となった。四月ではなく六月という中途半端な時期なので「いったい何をやらかしたの」なんて面白おかしくからかわれたが、特に意味はない。ある部署で急な退職者が出て、欠員の穴埋めのために、何人かが順繰りに前任者を押し出して異動になった。えり子もそのうちの一人というわけだ。

入庁以来三年間は出先の事務所勤めだったが、四年目になって、今回初めての本庁勤務となった。えり子は一人で皆の前に立って緊張して自己紹介をした。

「希望を出していた企画課にこんなに早く異動できて嬉しいです。皆さんの期待に沿えるように頑張りたいと思います」

大きな拍手で迎えられ、「花の企画課へようこそ」と掛け声が飛んだ。

えり子が熱烈歓迎を受けたのはそれだけではない。

「私、三日目にうっかり遅刻しそうになったんですよ。エレベーターの中で始業五分前に流れるラジオ体操の音楽が聞こえてきて焦っていたら……」

えり子は思い出すと恥ずかしくなった。

ドアが開くとホールいっぱいに企画課の男性職員十人ほどが広がっていて、ちょうど腕を大きく振り回しているところだった。えり子はあっけにとられ、首をすくめてきょろきょろとあたりを見回しながら男性職員の間を通り抜けた。一番後方にいた課長は、目を細め口角をきゅっと上げ、えり子の狼狽ぶりを愉快そうに見ていた。

朝のラジオ体操はとっくの昔に名前ばかりで、やっている課などないとえり子は思っていた。

「びっくりしたでしょう？」とマトリョーシカ先輩も笑いながら言った。

「企画課ではたまに課長が『今日はラジオ体操やるぞ』と号令をかけて、エレベーター前のホールに移動するの。あそこは広くて思いっきりやれるからね」

「このカップすてきですね」えり子はトレイに並べてあるコーヒーカップの一つに目をつけて持ちあげた。

「断然洒落ているわ」

「ああ、それ課長のものよ。ブランドものでしょうね。ジノリじゃないかしら。結婚記念日に奥さんとお揃いで買ったんですって。課長と奥さん、とても仲がいいらしいのよ」

「あら、そうなんですか」えり子は感心してうなずいた。「岩田さんってずいぶんこだわりのある人なんですね」

市役所の課長たちは概ね五十代で、岩田もそれぐらいの年齢だと思われる。岩田は見た目も若々しく清潔感があり、スーツの着こなしも垢ぬけていて品がある。

えり子は二日前の歓迎会の二次会、カラオケパブでの様子を思い出した。皆、先を争って自分の得意曲を披露する中、課長は恥ずかしいのか柄に合わないと思ったのか、勧められても一曲も歌わなかった。

「岩田課長ってカラオケ苦手なんですか？」えり子が横に座っていた向井に尋ねると、

「そうね。課長が歌っているのは聞いたことないわね。嫌いなのかもしれない。でもニコニコ笑って皆の歌を聴きながら、最後まで私たちに付き合ってくださって、お金も気前よく払ってくれるのよ。あー、でもそれよりも課長が歌えるのなら『君は百合より美しい』を歌ってほしいな。だって岩田課長は本当にあの歌手にそっくりなんですもの」と往年の人気歌手の名前を上げた。

その場にいた他の人は「全体の雰囲気は俳優Aに似ていると思う」とハンサムな映画俳優の名を上げた。また別の人は「いや、自分はBに似ていると思うけどな。目鼻立ちはBにそっくりじゃない」と言って話題がすごく盛り上がった。

名前が上がったのはいずれも二枚目俳優や、有名人ばかりだった。顔の造作が整っている人は結果的に皆同じような顔になるという証左かもしれない。

課長が端正なのは見た目だけではない。机まわりも整理整頓が行き届いている。大きな両袖机の上は決済箱を除いて何もなく広々としている。課長ともなれば、書類に目を通して決済印を押すだけなので、若手のように机の上に書類が乱雑に積み上げられることはない。無造作に斜めに置かれているファイルや文具ですら、課長の手にかかればインテリア雑誌の写真のように、実は計算されたディスプレイのように見えるから不思議だ。

話が一段落して、えり子は窓の外に目をやった。昨晩の雨が上がり空は青く空気は澄んでいる。街の埃《ほこり》はすっかり洗い流され、建物は海辺の貝殻のように白く光って見える。

「今、何を考えていたの？」と向井が聞いた。

「あ、いいえ。今日は遠くまでよく見えますね」

「ええ、そうね。何が見えるかしら」

「あの山がすぐ近くに見えるわ」

市街地の西方に位置する小高い連山が、いつもは遠くに水墨画のようにけぶって見えるが、距離が縮まり間近にあるかのように、深緑の山肌模様がはっきりと見える。

山に巻き付くようにぐねぐねと曲がりくねった道を登っていくと、山頂にぽつんと立つレストランがある。そこは市街地の夜景を見渡せる人気のスポットだ。

「あそこの山の上のレストランのこと？　あなた、彼氏がいるのね」と向井。

「えっ、どうしたんですか。いきなり」

「だってあんなところ恋人と一緒じゃないと行かないわよ。私も下見のつもりで女同士で行ったら、周りがカップルばっかりで浮いてしまったわ。恥ずかしかった。あら、顔が赤くなった。当たりなのね」

「違いますよ。そんなんじゃないんです」

「隠さなくていいじゃない。秘密主義者なのね。いいわよ。別に言いたくないのなら」

「分かりました。じゃ本当のこと言いますね。レストランには行っていません。でも夜景を見に連れて行ってもらいました」

「あら、やっぱりそうなの。羨ましい話ね」そう言って二人はひとしきり笑い合った。

えり子は「ここから別館も見えますね」と話題を変えた。

「ああ、あそこ。別館ね」

「私、ちょっと気になる話を聞いたんですけど」

「何のことかしら」

「最近、別館で事故があったそうですね」

向井は眼を丸くしていたが、すぐに思い出したのか「ああ、あの話ね」とうなずいた。

「階段でつまずいて落ちたとか……いえ違うわ。エレベーターの事故のことね」

「先輩。その二つはずいぶん違う話だわ」

「別館の話はあまり伝わってこないから分からないの。確かエレベーターの事故で間違いないわ。新聞には見落としそうなぐらい小さく載っていたらしいけど、私は見損なったから詳しいことはわからないの。

　でも風の噂によると、事故じゃないって言われている。あくまでも噂だけれど、その人は使い込みをしたんじゃないかって話よ。別館なので、大事《おおごと》にはせずに内々で処理しようとはしたけれど、やっぱり周囲にばれて処分されるのを苦にしたんじゃないかって。あらあなた、何だか顔色悪いわよ。どうかしたの？」

「ええちょっと」

「繊細な人はこんな話聞いただけで気分悪くなるわよね」

「別館のどこなんですか」

「えーと、どこだったけ」向井はしばらく考えていたが「あ、そうそう、確か資料室だったわ」

　えり子の脳裏にすぐに清司のことが思い浮かんだ。

「そうだったんですね」

「あ、私ずいぶん休んだからもう行かなきゃ。あなたはまだゆっくりしていってね」

「いえ、私も引き上げます」とえり子は言ったものの、急に胸苦しい思いに襲われた。

清司に今すぐに電話をして話したい衝動にかられた。ジャケットのポケットから携帯電話を取り出し、清司の番号を呼び出し押そうとしたが、かろうじて思いとどまった。

……だめだよね。今は……電話できない。

えり子は窓の外に目を向けた。窓の下には大きな道路があり、多くの車が行き交う音が聞こえる。道路を隔てて斜向かいにあるのは、昭和初期に建てられた由緒ある堅牢な造りの建物だ。

……近くに来たんだからいいよね。また後でゆっくり話そうね。

清司。

えり子はしばらくの間、窓の外をじっと見つめていた。

重大なミス

つむじ風が起きたとき、清司は本庁舎玄関前の広々とした石畳のアプローチに立っていた。

梅雨の合間のよく晴れた朝で、日差しがたっぷり降り注ぎ、気温はぐんぐんと上がっていた。時折強い風が吹くので、立木の落ち葉がさらさらと風に流され、ところどころで小さな渦をつくっていた。離合集散して一つの大きな渦にまとまると生き物のように立ち上がり、清司めがけて襲ってきた。

突風だった。清司はとっさに顔を両手で覆ったが、激しい風が体を打ちつけ、なすすべもなく、そのまま体を固くしてしばらくやり過ごすしかない。耳元でゴーゴーと音が鳴り、落ち葉が体に沿ってからからと舞い上がった。

一陣の風が過ぎ去り、清司が固く閉じていた目をおそるおそる開けてみると、驚いたように振り返って歩く男性や、風で乱れた髪を整えて、羽織物の前をぎゅっと合わせる女性がいた。

車がない。車が消えてしまっている。

清司はその場で呆然と立ち尽くした。足元には段ボール箱が一箱だけ残されていた。本庁舎の中から運んできた荷物を載せるためにアプローチの脇に停まっていたはずのワゴン車が見当たらない。まるで手品のように跡形もなく消えてしまっている。

やられた。車は清司を置いて行ってしまったのだ。つむじ風とともにあっという間に消えてしまい、もう戻ってこないのだろう。彼は途方に暮れていた。

そのとき「おい、早川じゃないか」と後ろから声がかかった。

「助かったよ」清司は、台車を押しながら並んで歩いている黒木に向かって言った。

「君が偶然通りかかってくれてよかった。どうしようかと思っていたんだ。これを別館まで持って運ぶなんていくらなんでも手がしびれてしまう」

「全くおっちょこちょいだな」

黒木は清司やえり子と同期だ。たまたま通りかかった黒木が別館に荷物を持っていく用があったなんて、それも台車で運んでいたなんてすごくラッキーだった。

彼の荷物の上にもう一個、清司の分を乗せてもらった。かなり重くなって、長い横断歩道を押して渡るのが大変だが、それでも前が見えないほどの大きな箱を抱えて歩くことを考えたらずっといい。

「ところでこの箱の中には何が入っているんだい？」と黒木が聞いた。

「今日の会議の資料さ。量が多いので浄書室にコピーを頼んでいたんだ」

毎月第一水曜日は編集委員会の会議の日と決まっている。

編集委員会のメンバーは主に大学や高校の教師、市井の研究者、市役所OBなど。手厳しい年配の委員がずらりと顔を揃えることもあり、気が張る仕事の一つだ。六月は決算報告や役員改選など年度の重要課題があるので、なおのこと準備が大変だった。数日前から清司は資料の念入りなチェックを重ねた。

会議は午後一時に始まるので、それまでに会議室の設営と資料の準備をしなければならない。

「コピーの受け取りだったらバイトの女の子に頼めばよかったのに」

「それがさ、本当は一人じゃなかったんだ」と、清司は努めて明るい調子で言った。

実はプロジェクターやその他の備品を借りるため、別館から車を回して数人で来ていた。最後に清司がコピーを持って出てきたら、折り悪く突風が吹いて、そのどさくさに紛れて車は走り去っていった。

「置いていかれたんだよ。酷いと思わないかい。まいったよ。風と共に去りぬだ」

清司は深刻にならずに冗談っぽく言ったつもりだったが、成功したかどうか分からない。

「そうだったのか。新しい職場はいろいろと大変なんだな」黒木は淡々と答えた。

単なる決まり文句の返事なのか、それとも自分について何か聞き及んでいるのか、どちらとも受け取れる言い回しで清司は一瞬ためらった。

同期のエース、早川清司が職場で孤立しているという噂が、黒木の耳に届いているとしたら、それはすごく気まずい状況だ。二人はお互いに相手が言い出すのを待ちながら、しばらく無言で並んで歩いた。

先に口火を切ったのは清司の方だった。

「今のところ、資料室はね、全然勝手が違うんだ。早く本庁に戻りたいよ」

大げさにため息をつきながら言った。

「あそこは人間関係が独特だからな」と黒木は真面目な顔をして続けた。

「室長は長いんだよ。前市長のときは秘書室長を務めていたほどの人物。でも、選挙で敗れてからはずっと別館勤務だ。毎年返り咲きを狙っているけど、最近はあきらめの心境らしいよ」

「ああ、そうらしいね」と清司は頷きながら、黒木が役所内の事情に精通していることに感心した。それならばと思い「天童さんを知っている？」と尋ねてみた。

「ああ。知っているよ。室長と同じく前市長派に属していた人で、局長まで務めた人だよ。室長に目をかけて引き上げてくれた人でもある。退職後は市の外郭団体の理事を三年ほど務めていた」

「うまく勤め上げた人なんだな」と清司は言った。

選挙の前に辞めていたので、洗礼には遭わなかった。ラッキーな人だ。

「今は親族が経営している会社の役員をやっているそうだよ」と黒木は付け加えた。


天童さんとの出会い。

それは清司が資料室に異動してきたばかりの頃だった。外から帰ってきたときに、窓際の応接ソファでくつろぐ一人の男性を目にした。その男性はスーツ姿で、見知らぬ顔だったが不謹慎なほどリラックスしていた。二人掛けのソファに斜めに寝そべり、足を組んでいるその姿は、まるで自分の家でパジャマを着てテレビでも見ているかのようだった。

勝手知ったる風に座っているところを見ると室長の知り合いかもしれないと思い、清司は少し迷ったが、声をかけてみることにした。

「あの、失礼ですが、誰かをお待ちでしょうか」

その男性はゆっくりと頭を回し、口を半開きにして驚いたような表情を浮かべた。なぜこの若造が自分にそんな口を利くのか理解できないとでも言いたげだ。

年齢は六十代と見受けられ、白髪をオールバックにしている。顔色は少し悪く、黄ばんだ肌には木彫りの人形のような深いしわが刻まれていた。大きな二重の目で清司をじっと見つめたが、次の瞬間ふっと視線を外した。

「室長はどこに行ったの？」

余裕のある口ぶりで問い返され、清司は面食らった。ホワイトボードには行先が書かれておらず、分からなかった。

そのとき「天童さん」と張りのあるテノールの声が響いた。「いらしてたんですね。どうもお待たせしました」

「やあ、室長。遅かったじゃないか」

天童さんはソファから立ち上がり、二人は大げさに喜び合い、まるで選挙運動中の立候補者と支援者のような芝居がかった挨拶を交わした。

清司が鼻白む思いでそばに立っていると、室長は「これこれ、こちらは部会長で座長の天童さんだ。きちんと挨拶をしなさい」とたしなめた。そして天童さんに向かって「新米で何も分からないので失礼しました。どうか許してやってください」と、にっこりした。

清司は割り切れない気持ちで頭を下げた。

最初の出会いがその後の関係性を決定づけるというのなら、天童さんとの初対面の印象は双方にとってすこぶる良くないものだった。お互い相手に大きなマイナス点をつけたのである。相性はそもそも良くなかった。意図したものでなかったとしても、偶然の間《ま》の悪さの結果だったとしても、結局それがご縁というものなのである。


エレベーターに乗って三階の「資料室」の前まで黒木は送ってくれた。

「どうもありがとう」清司は手を振って黒木と別れた。

室内に入ると、清司を置き去りにして先に行った連中がちらちらと見たが、清司は気づかないふりをした。

会議室に行くとドアが閉まっていた。

ドアノブに手をかけたが、中から声が聞こえてきて、清司は開けるのをやめた。

それは室長の声だった。

「業務分担からすると彼になりますが、彼一人だと心もとないですからね。熊田君に一緒にやってもらいましょうか。それなら問題ないでしょう」

「そうですね。そうしましょう」もう一人はたぶん天童さんだ。

その後は小声になって聞き取れなくなった。

室長がネガティブな文脈で「彼」というときは大体自分のことを指している。いったい何のことだろう……。清司はドアの前で立ちすくんでいた。

会議の時間までに会場の設営を終え、資料を各々の机の上に並べておかなければいけないが、二人はなかなか出て来ない。

清司は時計を見ながら、会議室の前を行ったり来たりして、途方に暮れていた。

「何をしているんですか」

怪しい者を問い詰めるような声色で、バイトのよし子嬢が声をかけてきた。清司は会議室を指さして「お籠り中なんだよ」と答えると、よし子嬢は「はぁ～」と気のない返事をして去っていった。

結局、二人がドアを開けたのはぎりぎりの時間だった。二人だけの時間は楽しいものだったらしく、にこやかに話しながら出てきた。室長は笑顔を保ったまま、待っていた清司と目が合ったことを、内心「しまった」と思っているようだった。

「早川さん。すみませんでしたね。お待たせしました」

と天童さんはニコニコしながら言ったが、その笑顔が油断できないのだ。

それから清司は大慌てで会議の準備を始めた。

会議は予定していたシナリオ通りに進んでいった。

会議室では、机を口の字形に配置し、窓側の席に座長の天童さん、右側の席に委員、左側の席に事務局が座るというレイアウトだ。

今年度の行事予定、予算の説明、役員の紹介、執行部からの報告などが行われた。清司も自分の担当部会について説明し、自分の仕事を果たした。

最後に残った案件が一番の難題だった。去年の会計処理にミスがあったらしい。今年は四年に一度の会計監査を受ける年で、職員が書類を見直していたところ、ミスが発覚したという。この件で、室内は一週間ほどざわついていた。室長が天童さんと直前まで打ち合わせをしていたのも、このためだ。

熊田たちのおしゃべりから漏れ聞いたところによると、急いでいたために数字の桁を一つ間違えたり、右枠と左枠に書く数字を間違えたり、マニュアルをよく読んでいなかったために特例措置を適用しなかったり、単純ミスが重なったようだ。しかし、こんな理由が受け入れられるとは到底思えない。別の方便を探すことになるだろう。

清司が来る前のことで直接関係がないし、詳しい話も聞いていないので、全くの傍観者というか、むしろ高みの見物という余裕の気分だ。

「昨年の決算書に誤りが生じたことについて、大変恥ずかしく思い、皆さまに多大な迷惑をおかけしたことを深くお詫びいたします」

室長はいつもより神妙な口調で話し始め、ミスが起きた背景、簡単な経緯、修正の仕方などを約十分間かけて丁寧に説明した。どこもつつかれないように、何度も練り直した文章であることは間違いなかった。

「ただいまの説明について何かご意見、ご質問はありませんか」

室長は言葉を切ると、ゆっくりと一同の顔を見まわした。目を細めて軽くうなずくと、

「それではご理解いただけたということで、この件については承認するとしてよろしいですか」

打ち合わせ通りならば「異議なし」の声が上がるはずだった。各委員には前もって一人ずつ電話をかけて話を通していた。根回ししていたのだから。

そのとき、一人の委員が手を挙げた。若手の「うるさ型」と評判の委員だった。丸く収まるところに茶々が入った。若手といっても五十歳は過ぎている。

意見が出るはずはなかったのだが、事務局は胸の内で「はーっ」とため息をもらしているに違いない。掟破りの一言居士《いちげんこじ》が必ずいるものだ。

「いったい誰がこんなミスをしたのか。担当者は言えないのかね」

事務局はお互いにちらっと顔を見合わせた。

「今回の件については担当者のミスではなく、チェックできなかった組織として責任があると考えていますので、個人名についてはお答えできません」

想定内の質問だったのか、室長は落ち着いてすらすらと答えた。

「なぜ、このようなミスが起きたのか分からないな」

その委員は顔をしかめ、腕組みをしてぐいと胸をそらせた。

「初歩的なミスではないのかね」

「初歩的と認めざるを得ません。今回のように契約を更新するのは三年ぶりであり、ミスが起きた原因は、担当者が代わり不慣れだったこと、そしてそれを決裁した者も不慣れだったためです。そのため今回のようなことになりました」と室長は答えた。

その委員は、そんな説明で納得できるかという顔つきである。

「いったい積算ミスした金額はいくらぐらいになるのか」と容赦なく質問が続く。言えば言うほど昂ぶる性質なのか、次第に居丈高な大声になる。室長は顔の筋肉をわずかにひきつらせた。

清司も仕事上こういうタイプに接することは多く、「エセ正義漢」には常々閉口していた。他人のことは厳しく糾弾しても、自分には甘いのだ。定例会のときは早めに来て、アルバイトの女の子にこっそり私用のコピーを頼んでいる。委員であることを笠に着て誰も指摘しない限り、それが許されると思っているような人物だ。正義感の発露などではない。人が弱り目にある時に、ここぞとばかり責めたてるのが好きな輩だ。いったん言い出したら、気が済むまで言わせるしかない。本来ならば事務局の立場で、何とか早く収まることを望み、同情するのだが、一方で室長たちが困っているのを見るのが小気味よかった。

積算については係長が説明に立った。

「加算率について本来〇・〇五パーセントとするところを五パーセントとして謝って計算しましたので、えー。それで、えー」と途中で口ごもってしまった。あれこれ考える必要なんてない。答えは分かりきっているのだからと清司は思うのだが、よほど言いたくないらしい。ややあって重い口を開く。

「その結果、金額にして約五十万円高く積算してしまいました」

「おーっ」と会場からどよめきが起こった。これが単純ミスだったなら本当にあっぱれというしかない豪快さだ。

事務局は亀のようにただひたすら首を縮めて、苦しい時間を乗り越えるしかなかった。

小一時間たって何とか会議は終わった。

「彼はスタンドプレーが好きだからな」

室長は会議室から出ながら誰に言うともなく苦々しげに言った。

清司は会議が終わり、ほっと一息ついた。そこでふと、お気に入りのカフェに行こうと思った。

一人で静かに過ごしたいときは、いつもこのカフェを選ぶ。このカフェは、賑やかなアーケード街の一角にある静かな飲み屋街に位置している。周囲の古いビルとは対照的に、白くて小さな可愛らしい外観が特徴だ。

元々このカフェは四畳半ほどの狭い立ち呑みの店で、学生時代によく足を運んでいた。主に日本酒や焼酎を提供していて、お金がないときや、サークルの二次会によく利用していた。冬の寒い夜でも、店内がぎゅうぎゅう詰めになり、外にまで人があふれ出して吐く息が白くなるほどでも、その賑わいで寒さを忘れて楽しんだものだ。

大学を卒業し、市役所に入庁してからは、しばらく訪れていなかった。その間に、立ち呑みの店は取り壊され、小さな白いカフェに生まれ変わっていた。

市役所の同期会でえり子と何度か顔を合わせた後、お互いに何となくいい雰囲気になり、二人だけで会うようになった。そんなある日、清司はこのカフェで待ち合わせをしようと提案した。自分のお気に入りの店を彼女に紹介したかったのだ。

……何度かここで待ち合わせをしたけれど、いつも先に来ているのは僕の方だった。窓際の席に座り、えり子を待ちながら、文庫本を読んだり、道行く人々を眺めたりする時間は嫌じゃなかった。

今日もテーブル席に座って外を眺めていると、

「あれはえり子じゃないのか」

えり子がカフェの外の道路に立ち、こちらを見ている。いつもなら、僕を見つけると嬉しそうに駆け寄ってくるのに、今日はただ立ち尽くしている。まるで僕が見えていないかのようだ。こっちを見ているけれど、焦点が合っていない。僕は彼女に向かって手を振るが、彼女は僕を通り過ぎ、何か背後の景色を見ているようだ。彼女はどうして気づかないのだろうか……。

追いかけてカノン

市役所の業務終了を告げる五時のチャイムが鳴った。

えり子はノートパソコンの電源を切り、ふたを閉じ、机の上をさっと片付けたが、次の行動に移れなかった。体が椅子に貼りついたみたいに、なかなか立ち上がることができない。ブラインド越しに差し込む日差しはすでに弱々しく、白々とした蛍光灯の下に並ぶグレーの机の列はほとんど空席だ。執務室にいるのは、えり子と隣の企画第一班の主任二人だけ。

主任と目が合った。

「どうしたの。帰らないの？」

「ええ」えり子は、もじもじしながら答えた。

「もう仕事終わったんでしょう」

主任は銀縁の眼鏡越しに目を細めて笑った。

「はい」

今日は何と、岩田課長ほか四名は韓国に出張している。二泊三日の強行スケジュールのため空港に直接向かったようで、朝から顔を見ていない。他の職員もそれぞれ出張や研修、庁内でのミーティングなどで席を外し、午後からは主任と二人きりだった。人の出入りの激しい企画課にしては珍しい一日だった。

「主任は帰らないんですか」

「僕はこれがあるからさ」

主任は机の上の書類の山を指さした。まるで太古の地層のように堆《うずたか》く積まれている。見れば一目瞭然で、主任に「手伝ってくれないかな？」と言われたら困るのに、絶対に言わない人だと分かっていて空々しい質問をしてしまった。主任が律儀に答えてくれたことにえり子は気恥ずかしくなった。

えり子は総務班の所属で、経理や勤務管理のほか、他所から回ってきた書類を担当者に振り分ける仕事をやっているが、彼が扱っている案件の多さに毎度驚く。それにもかかわらず、彼がいつも感じよく平常心を保っていることに敬意を払っている。

主任の席の横に立つと机の上だけでなく、彼の椅子の両サイド、机の下の奥、彼の足元にもファイルがびっしりと立ててあるのが分かる。彼は身長一八〇センチの長身だが、いつも猫背気味で身を縮めるようにして机に向かっている。その姿を見慣れていると、彼がすっと立ち上がったときに、思いのほか背が高いことにびっくりしてしまう。この狭いスペースのどこに、彼の長い足を折りたたんで収納しているのかと想像すると、失礼だが、くすっと笑ってしまう。主任には気づかれないようにこっそりと。

「主任。あの『国からの提言書』、どうなっていますか」と尋ねると、彼は快く返事をしてくれる。

「ああ、あれね。ちょっと待っててね」と言いながら、彼は肩まで積み上げられたA４の書類の中から「大体この辺かな」と見当をつけ、山を崩すことなく数枚の紙を引っ張り出した。

彼はこの膨大な書類の山の中の一つ一つの内容と、それをどこに置いたかを彼の頭一つで把握しているのだ。「そんなのあったっけ。記憶にないな。でも君がそう言うのなら受け取っていたのだろう。はて、どこに置いただろうか」なんて焦って捜し回ることはない。

主任のすばらしい理解力と記憶力は、何億年前の地層の断面を前にして、「このへんがジュラ紀の層。アンモナイトの化石が埋まっているのはこのあたり」とぴたりと指し示す考古学者みたいだとえり子は思う。

「僕はまだもう少しいるよ。いつものことだから気にしないで。君がお付き合い残業なんてする必要ないからね」

主任に言われて、えり子はようやく帰る気になった。

「それではお言葉に甘えて、おいとまします」

軽やかな気持ちで室を後にした。マトリョーシカ先輩が「企画課の人は皆いい人よ」と言っていたが、確かにその言葉は当たっている。中でも主任は別格だ。


えり子が企画課に来て一か月が経った。前任者からの引継ぎは終わり、一か月の仕事の流れも一通り分かった。七月は一年の中で比較的暇な時期で、慌ただしさも落ち着き、定時にほぼ仕事は終わっていたので、早く帰れるような時はさっと切り上げていいのだが、残っている人が多いと何となく帰りづらい。今日はほとんどの人が出払っているので、心置きなく帰れる。こんな日はまたとない。遠慮せずにありがたく恩恵にあずからなくてはもったいないではないか。久しぶりにアーケード街をぶらついてみようか。

えり子は職員専用の小さな裏口から出た。あたりにはすでに黄昏《たそがれ》になっていた。市役所の周りは背の高い堂々たるビルが並んでいるのだが、アーケード街に通じる道はビルの谷間の狭い道でひっそりとしている。そこには、動きを止めた穏やかなモノクロの景色があった。まるで誰もいない作り物の世界に紛れ込んだような感じだ。いつもの見慣れた灰褐色のビルに紗がかかっていて、まるで荘厳な幻の遺跡のようだった。

アーケードを中心とした繁華街は、一番街から三番街まで約五〇〇メートルの長さで、夕方になると多くの人が行き交う場所だ。天井は透明の樹脂製パネルで覆われていて、日差しや眩しさを通すので日中は結構暑く、日が落ちた今でもまだ暑さの名残がある。通りに点在するシマトネリコの樹木やミスト噴水の傍を通るときに、心地よい涼を感じることができる。

二番街まで来ると、百貨店の前にあるアーケードの天井に届きそうな、大きな笹飾りの設《しつら》えが遠くからでも目に入る。五色の短冊、網飾り、吹き流しがちらちらと揺れて、まるで輝いているようだ。人々は周囲に立ち止まり、その美しい光景をながめている。えり子も足を止め、その風景を楽しんでいた。

「そうか。七夕の日。もうそんな季節だったんだわ」

ほの白い朝に家を出て、薄暗い夜に家に着く。家と職場の往復だと季節を忘れてしまう。時間なんてあっという間に過ぎてしまって、今がいつだか分からなくなる。

二年前の七夕の季節、清司とデートをした時に、この通りを歩き七夕飾りに行き当たった。二人でいっしょに七夕飾りを見上げた。あのとき二人は何を話しただろう。何を願っただろうか。今の私は願いに近づいているだろうか。

私自身、振り返ってみれば今のところ順調に進んでいる。希望を出していた人気の高い企画課に異動することができた。数日前は課長からお褒めの言葉をいただいた。

「途中から来たのに何の違和感もなく課に溶け込んでいる。これだけ呑み込みが早い人も珍しい。心強いスタッフを得ることができて、我々は安心して仕事に打ち込むことができる」

思いがけない評価だった。すっかり信用してもらっているようで、今のところ心配ない。私が願ったとおり何もかもうまくいっている。うまくいき過ぎて恐いぐらいだ……。

大きな交差点を渡ると二区画進み、ドーナツ店がある角を右に曲がった。

細い路地に入り古くからの飲食店街になると風景の色合いが明るい色からくすんだ鈍色《にびいろ》に変わってくる。小規模の商業ビルがひしめき合って立ち、花屋、雑貨店、レストラン、居酒屋、パブ、スナックがジグソーパズルのピースのようにすきまなく収まっている。

その通りの片隅に、ひとつだけ場違いにも思える真新しい白い壁の建物がある。絵本から抜け出てきたようなオレンジ色の瓦屋根の二階建て、クルミ無垢材の玄関ドアと四角いガラス窓。壁には白い浮き文字で「CAFE」と書いた看板が掛かっている。他に名前があるかどうか分からないので、清司とえり子はとりあえず「カフェ」と呼んでいる。二人掛けのテーブルとカウンター席三つしかないこの店らしいシンプルな呼び名だねって言いながら。

このカフェで、えり子と清司は何度も待ち合わせをしている。他にも本屋さんの新刊コーナーやホテルのロビーで待ち合わせたが、ここが二人のお気に入りの場所だった。えり子の足が自然と小さな路地に向いたのも無理はない。

いつも清司が先だった。平日の仕事帰りに待ち合わせた時、どちらか先に来た方が中に入って待っていようと決めていた。えり子も急いで来るのだが、たいてい清司が先に着いていた。そう、あの窓際のテーブル席に座って外を眺めながら、えり子が来るのを待っていた。

清司。

えり子は一瞬どきっとした。小さな四角いガラス窓に人の影が映っている。あれは清司じゃないの？　えり子は息をはずませ足を早めた。清司が窓辺に座って外を眺めている。物思いに沈んだような顔でぼんやりしている。視線はどこか宙の一点を見つめて、目の焦点が合っていない。えり子にはまるで気づかない。

清司、私が分からないの。清司。

影がふっと消えた。

小さな四角のガラス窓には、何も映っていない。

えり子は、道の真ん中で立ち止まった。今見えたのは彼の影、幻だったのか。清司の姿が映ったと思ったのは、私が彼のことを考えていたから。彼がいつもあの席に座っていたから。清司が、今日この時間この場所にいることはない。そんなはずはないのだ……。

そう言えば今日はまだ携帯電話に届いたメールを読んでいなかった。その場に立ったままバッグの中を探った。俯いてごそごそかき回していると、後ろから歩いて来た人とぶつかりそうになって、あわてて道の脇に避けた。バッグのポケットもポーチの中も調べてみたが、それでも見つからない。

「ああ、全くもう私ったらなんでこうなんだろう」

携帯電話を職場に忘れてきたのは間違いない。定時に帰れたので。それだけ気もそぞろだったのだ。いつもと違う行動パターンをとるとミスを犯すという見本のようだ。

フィルムの逆回しのように来た道を戻ると、企画課の室内はとうに薄暗く、主任が自分の頭上にだけ照明を点けて残っていた。えり子が入ってくるのを見て、はっと驚いた顔をした。

「ちょうどよかった。まだこの辺にいたんだね。頃合いを見計らって自宅に電話しようかと思っていたんだ」

「何かあったんですか」

「さっきから何回も君の携帯電話が鳴っていたよ。相手は急ぎの用でもあったんじゃないのかな」

「本当ですか」

えり子は携帯電話に飛びついて、折り畳み式のカバーを開いた。
○九○-××××-××××
一目見てぞっとした。

同じ番号が連続して五件。全く見覚えのない番号だ。名前は表示されていないので、家族や友人、親しい人からではない。アドレス帳に登録していない番号だ。

「誰か分からないけど相手の人、電話待っていると思うよ。早くかけてあげたら」

「分かりました。そうします」えり子が答えると、主任はほっとした様子だった。

「主任こそ、ほどほどで切り上げてくださいね」

「ありがとう。僕はもう少し残っているから。ああ、それと、着信音はクラシックにしていたんだね。パッヘルベルのカノン。久しぶりに聴いたよ」

えり子は企画課を後にした。

さっきまでの舞い上がった気分はどこかに消えてしまった。なんて煩わしい電話なのだろう。着信履歴を見ると一分間隔でかけている。せっかちな人物だ。「早く出ろよ」と催促しているようで偏執的な感じが伝わってくる。電話をかけてきた番号には全く心当たりがなかった。

それとも自分が忘れただけで、本当は大事な用件があったのだろうか。先方は連絡を取ろうと必死だったのかもしれない。この一週間で何か予約や注文をしただろうか。急に電話をかけてくるような学生時代の友達、田舎のおばさんがいるだろうか。しばらく考えたがえり子は何も思い出せなかった。

やはりその可能性は低い。本当に連絡したい大事な用があるならば留守番電話に名前とメッセージを残すはずだ。私の知っている人たちなら当然そうする。

誰なのか突き止めてやりたい気持ちはあったが、知らない相手からの電話にはかけ直さないというのがトラブル防止の鉄則だ。もやもやするが仕方がない。

結局、間違い電話だったんだと思うことにした。主任が言ったとおり相手は急いでいた。つながるまで何度もかけたが、途中で変だと気づき正しい番号を確認した。そこで自分が間違った番号に何度もかけていたことを悟った。だからもうかかってこない。そうだ。そうに違いないと自分を納得させることでようやく気持ちが和らいだ。夕暮れの冷たい風がえり子の汗ばんだ顔を心地よく撫でていく。

再びバッグの中で着信音が鳴った。またか。今度は何だろう。急いで携帯電話を取り出し発信元を確認した。

〇九〇-××××-××××

先ほどの正体不明の電話番号だ。もうこれは電話に出るしかない。決着をつけてやると覚悟を決めた。応答キーを押して耳に当てた。

「どちら様ですか。電話番号間違えていますよ。ちゃんと確認してかけてくださいね」そう言ってやるつもりだったが、相手が先に話しかけてきた。

「もしもし」と男の声。決して若くはない男の声。

えり子の脳裏に、ある人物の顔が浮かんだ。

どうしてこの人が。

遠方からかけているらしく雑音が混じり、機械を通して多少声が変質しているものの、鼻にかかった特徴のある声は、名乗るまでもなく誰だか分かった。

念のためにえり子は「どちらさまでしょうか」と聞き返した。

相手はしばらく黙っていたが、ふふふと忍び笑いをした。

「誰だか分からない？」

えり子は携帯電話を手に持ったままその場で立ちすくんだ。体温がすっと下がったような気がした。電話は岩田課長からだった。


「今韓国からかけているんだ」と課長は言った。

ええ、それは知っていますと、えり子は心の中で答えた。そんなこと言われなくたって私があなたの出張の手配をしたんですもの。知っています。

「え、今なんて言った？　よく聞こえないな。まあしょうがないな、なんてったたって韓国からだからな」

そう言って課長はハハハと笑った。ふだんよりもさらに朗らかで屈託のない様子だったが、それがえり子を困惑させた。何が面白いのかさっぱり分からない。

「課長、どうしたんですか。お酒でも飲んでいるんですか？」

もう仕事が終わった時間だ。皆と飲みに行って、いい気分になってそこで居残りの人に電話をかけてみようということにでもなったのか。だからこんなにふざけているのだろうか。でもこの問いに課長は答えなかった。ふふんと鼻先で笑っただけである。

「ねえ聞いている？」課長は上機嫌な声で言った。

回線の調子が悪いのか時々途切れてよく聞こえないことがある。

「あ、はい。聞いていますよ」えり子は切口上で答えた。

「今お土産を選んでいるんだよ」

「はあ？」急に話題が変わってえり子は面食らった。

「お土産ですか。そうなんですね」

「何だい。もっと嬉しそうにすればいいのに。君に買っているんだから」

「ええ。ありがとうございます。嬉しいです」

「何だと思う」

「分かりません」

「おもちゃだよ」

「えっ。おもちゃって何のことですか」

「大したものじゃないよ。おもちゃなんだから。まあ楽しみにしていてよ」

突然ぷつんと電話が切れ、えり子は取り残された。回線の不調なのか、課長が切ったのか分からないが、とにかく電話は切れた。えり子はしばらく呆然として考えがまとまらなかった。頭の中はもつれた毛糸のように混乱していた。

アーケード街を抜けバスが走る大通りに出た。頭上には藍色の空が広がり、大通りには色とりどりのネオン看板がビーズのように煌めいていた。

戸惑いは残ったままだ。おもちゃとはいったい何のことだろう。おもちゃは人形やぬいぐるみ、ままごとセット、プラモデル、レゴブロックなど小さい子供に買ってあげるもので、課長がえり子に言う言葉ではない。

釈然としないのはそれだけではない。別に課長がえり子の番号を知っているのは不思議ではなかった。企画課内の連絡名簿があるので全員がお互いの携帯電話番号を知っている。えり子は内勤なので仕事の用件はほとんど執務室内の電話でやりとりしているが、外出中の職員の携帯電話に連絡をすることはある。ただ時間外に個人的に電話がかかってきたことには違和感を持った。

こういう時に限って、携帯電話を職場に忘れたというのも不思議な偶然だった。ストレート式の携帯電話だったならば、主任が見た時、見覚えのある番号で「岩田課長からだ」と、ピンときたかもしれない。全く冷や汗ものだ。折りたたみ式なので彼に電話番号を見られなかったのは幸いだった。

ランデブー

三日後、岩田課長と同行者三名は韓国出張から帰ってきた。いつもどおりのお帰りで、何も変わったことは起きなかった。

買ってきたお土産はたわいのない定番商品で、高麗人参茶、韓国海苔、インスタント激辛ラーメン。女性には特別に韓流スターがCMに出ているブランドのフェイシャルパックがプラスされて「さすがは課長。センスいいな。女心分かっている」と、またも課長の評判はうなぎ上りだった。

課長は何事もなかったかのように振る舞っていた。えり子にも以前と変わらぬ様子で接してきたので、「あれっ」と少々拍子抜けしながらも、ほっと胸をなでおろした。「留守の間、何か変わったことはなかったかな」と真顔で聞いてきたのには、びっくりした。

狐につままれたような気分だった。あの電話はいったい何だったのだろう。「おもちゃ」とはいったい何だったのだろう。

「おもちゃ」はフェイシャルパックのことで、買う前にえり子の感想を聞きたかったのだろうか。いや、そういうことではない。夢でも見たのかなと思ったが、携帯電話に残っている番号は間違いなく課長のものだ。先日、課長が韓国から電話をかけてきたのはまぎれもない事実だった。

もやもやした気分は拭い去れないが、課長がなかったことにするのならそれでいいだろう。知らないふりを通すのならえり子もそれに付き合おう。はた目にはおかしな芝居ごっこだけれど、それはそれでかまわない。わざわざ問題を起こす必要なんてないではないか。平穏な日々に戻るならば……。

ところが、そうはいかなかった。三日後にそれは起きた。五時を少し回った頃、えり子の携帯電話にまた課長から電話がかかってきた。

「大変だ。大変だ。困ったことになった」課長の声はいつになく早口で切羽詰まった感じだった。

「例の件でね。ちょっと面倒なことが起きたんだよ」

例の件と言われても、えり子には何のことなのかさっぱり分からなかった。周りを見回すと室内には三人しか残っていなかった。その日も大勢の人が出払っていたのだ。

「第一企画班の班長がいます。代わりましょうか」と言うと課長は慌てて打ち消した。

「いやいいんだよ。彼には言わなくていい。ちょっと君に出て来てほしいんだ」

「えっ、でも私には分かるようなことはないですよ」

「しーっ」課長は声をひそめて言った。「実は君たちにお願いしたいことがあるんだ。君の班の主任にも声をかけているので三人で話し合おう。外で話し合いたい。くれぐれも内密にお願いする。他の人には他言無用。わかったね」

課長は待ち合わせの時間と場所を早口で言うと、必ず来るようにと念を押して慌ただしく電話を切った。一方的に言うだけ言って、有無を言わせないやり方だった。

納得いかない気持ちのまま、のろのろと身の回りを片付け、残っている人に挨拶をし、エレベーターホールに向かった。

執務室半分ほどの広さのホールは大勢の人であふれていた。

えり子は人だかりの中を覗いてみると、エレベーター二基のうち一基に「点検中」の看板がかけてある。下を向いてじっと待っている人、あきらめて階段を下りていく人がいる。

「ああ、そうだった」とえり子は思い出した。確かにエレベーターの点検については一週間ほど前に通達が回っていた。いろんな種類の通達が毎日たくさん回ってくるので、ばたばたしていてよく見ていなかった。忙しさにかまけてよく覚えていなかったのだ。

こんな時に限ってなんて間が悪いんでしょう……。

地下一階まで降りて職員専用通路を通り、警備員に挨拶し裏口から出た。

あたりは夕闇が迫っている。アーケード街に向かう途中の道は、金融会社の背の高いビルが建っていて、ビルの谷間の道はひっそりとしている。

アーケード街に入り一番街から二番街へと向かう雑踏の中を歩いていく。えり子と同年代の若者たちは、皆一様にぱっと花が咲いたような明るい顔をしていた。昼間の面倒な仕事や煩わしい付き合いから解放されて、心から楽しんでいる顔だ。

それに比べて私は、なぜよくわからない理由で上司に付き合わないといけないのか……。これから暗くなるというのに、外で打ち合わせというのに一抹の不安がある。主任も呼んでいるというが、話の内容は全く見当がつかない。


老舗の百貨店T。その本館と別館をつなぐ地下通路にえり子は着いた。

岩田課長が待ち合わせ場所に指定したのは、蛍光色のブルーとピンクのロゴ看板がひときわ鮮やかなアイスクリーム店の前だった。課長の姿はまだ見えない。

勤め帰りのOL、サラリーマン、制服姿の学生、遊びに来た若者、買い物帰りの主婦が目まぐるしく行き交っている。

目の前を右から左へ、左から右へと絶え間なく人が交差する様は、まるで水族館の水槽の中で遊泳している銀色のマイワシの群れのようだ。えり子がぼんやり立っていても誰も気に留めない。彼らは人波を器用にすり抜けて、ひたすら自分たちの行く先を目指している。

マイワシの群れを何分見続けていただろう。えり子は左を見て右を見て課長を探す。時計を見ては、ふっとため息をつく。その繰り返しに疲れてきたころだった。マイワシの流れの奥にちらりと岩田課長の姿が見えたと思った。アイスクリーム店とは反対側にいたのだろうか。岩田課長もこちらに気づいた。えり子と目が合うと破顔一笑した。

岩田課長はマイワシの群れから突如飛び出すマグロのように、強引に列を割ってずんずんと歩いてくる。

「やあ」課長は右手を軽く挙げ、上機嫌で挨拶した。「だめじゃないか。上司を待たせるなんて。僕の方が先に着いていたんだよ」そう言って歯を見せてにかっと笑った。

えり子は一瞬あっけにとられた。さらっと言われたけど、今のフレーズには何か違和感がある。確か緊急事態だと言って呼び出されたのでは。時間外に仕事の用で呼び出すなんてよほどの事情があるんだろうと思っていたが、課長の態度は屈託なく朗らかである。

切羽詰まった様子で電話をかけてきたのは、どこのどなたでしたっけ……。

「さあ、じゃあ、行こうじゃないか」

岩田課長は急に表情を引き締めた。くるっと背を向けると、まるで他人になったように黙ってすたすたと歩きだした。えり子もあわてて後を追った。課長は機械仕掛けのようにおかしなリズムで手足を振って、本館地下一階の食品売場に入っていく。

お茶売場の売り子が「どうぞ飲んでいきませんか。このお茶おいしいですよ」と小さな紙コップを笑顔でさっと差し出した
えり子はちょうど喉が渇いていて、手を伸ばして受け取ろうとしたが、すぐに手を引っ込めた。課長の足があまりに速いからだ。売り場を右に曲がり左に曲がり、また左に曲がりと、まるでビデオゲームのキャラクターが、迷路の中をジグザグに歩いているようで目が離せない。

課長はえり子についてきてほしいのだろうが、まるで振り切るようにめちゃくちゃな歩き方をする。矛盾している。課長は地下一階の売り場を一通り回ると、人目がない階段で一階に上がり、通用門のような裏口からさっと出て行った。

えり子もその後を追う。はたから見ると、課長はえり子を振り払って逃げているように見えるし、えり子がその後をつけているように見える。

私は何をやっているんだろう。

どうして課長を追いかけているんだろう……。

課長はT百貨店と隣接しているアーケード街に出ると、道を北上し、旧市街に向かった。

車が通れないような細い路地に入っても、課長は後ろを振り返らず無言を貫いている。課長って仕事中こんなにワンマンだったかしら。それともよほど一緒にいるとは悟られたくないのか。いったい何を警戒していることやら……。

えり子が付いてくると信じている課長の背中を見ていると、なんだか憎らしくなってきた。私はこっそり帰ることもできるのだ。そんなに知らんぷりしているのなら、このまま回れ右して帰ってしまおうか……。えり子にいたずら心が芽生えてきた時だった。

課長は一軒の店の前で足を止めた。

年月を経た和風旅館の趣がある店構えで、間口は小さくこぢんまりとしている。入り口にかけてある三連の白地のれんに「二人静」と黒字で染められている。これが店名なのだろう。

「さあ、着いた。ここだよ」課長が振り返って言った。

えり子は安心してクスッと笑った。課長はようやく禁が解けて口が利けるようになったみたいだわ。いったい何で今までだんまりを決め込んでいたのかしら……。

格子戸を開けて中に入ると、室内は、はっとするような静謐な空気が流れていた。しんとして人の気配が感じられなかったが、すぐに和服を着た女性が顔をのぞかせた。課長が名前を告げると、うなずいて二人を奥へと案内した。

板張りの廊下はよく拭きこまれ、黄土色の聚楽壁《じゅらくへき》は手入れが行き届いている。古びているが端正で落ち着いている。張り詰めた空気と同時に人を迎え入れる心地よさがあった。

二人は角を曲がった突き当たりの一室に通された。八畳の青々とした座敷で、床の間には禅語の掛け軸と鬼百合の生花、中央には大きな黒檀《こくたん》の座卓が置いてある。

何よりもすぐに目を引いたのは、天井からぶら下がっている和紙でできた丸い大きな提灯だ。

おばけ提灯だわ……。

妖怪話に出てくるおばけ提灯のように、小さい子供ならすっぽり入ってしまうくらいの大きさで、それもかなり低く吊り下げてある。

えり子がポカンと見つめていると、

「どうかしたの。さあ、座って、座って」と課長に急き立てられた。

課長の目には何も映っていないのだろうか。全く気にも留めていない様子だ。この店に何度も通って名物提灯を見慣れているのなら、今さら驚いたりしないのかもしれない。

二人で向かい合って腰を下ろすと、ちょうど頭上に提灯がぶら下がる塩梅だ。ちょっと身を前に乗り出して立ち上がったら頭をこつんとぶつけてしまうだろう。その場面を想像するとおかしくて笑ってしまいそうになる。まあ紙だから別に痛くも何ともないのだけど。それにしても何だかおかしい。えり子は改めて気を引き締めた。急な仕事の打ち合わせだと呼び出しておいてこんな場所に来るなんて。まるで接待とか密談のために使う料亭の一室のようだ。大事な話なのかもしれないが、仕事の相談でわざわざ使う必要があるだろうか。主任はいつ来るのだろう。課長と二人きりだなんて息が詰まるような思いだった。

えり子ははっとした。

さっきまで無表情だった課長が、打って変わってにこにこしている。

「お話はいったい何ですか」えり子は身構えた。「主任はどこにいるのですか。いつ来るのですか」

「まあまあ、そんなに急ぎなさんな」課長は肩をすくめて言った。「心配しなくたって後から来るから、大丈夫だよ」

障子を開けて仲居が入ってきた。

「いらっしゃいませ。ようこそおいでくださいました」

えり子の母親ぐらいの年齢の女性が、正座をして丁寧にお辞儀をした。

「本日は私がお世話させていただきます」

「久しぶりだね。今日はよろしくお願いするよ」

課長は上機嫌だった。

えり子は自分がどういう状況に置かれているのか今ひとつ分からない。課長は自分の陣地にいる大将のように悠々と振る舞っているが、自分は敵地に連れてこられた人質のように居たたまれない気分なのだ。

課長はメニューに目を通しながら、「今日の魚は何だい」「この汲み上げ湯葉というのはさっぱりしていておいしそうだね」と常連のようにいろいろと質問した。

「この四季会席なんてどうかな」とえり子にも話を向けた。「デザートはいちじくのコンポートだ。おいしそうじゃないか」

「ええ、それでいいです」えり子は下を向いて小さな声で答えた。

どうでもいい。何でもいいのだ。今は料理や雰囲気を楽しむ場合ではないのでしょう。えり子は連れてこられて仕方なく座っているだけなのに、課長はうきうきした様子で、まるで年上の彼氏のように振る舞っている。

「じゃあ、二人分お願いね」

課長がメニューをパタンと閉じた。

「はい。承知しました。お二人様分ですね」と仲居が応じた。

えり子は、はっとした。「三人分じゃないんですか」喉元まで出かかった言葉をぐっと呑み込んだ。目を大きく見開いてじっと課長の顔を見るのが、精一杯の抗議だった。仲居はというと、全く顔色を変えず、表情からは何を考えているのか読み取れない。彼女が退席する時「それではどうぞごゆっくり」と言ったのも意味ありげに聞こえた。歳の差のある男女、個室に二人っきり。仲居が変な誤解をしていたらと考えるだけでぞっとする。

全く冗談じゃない。そんなことあるわけない。「用件は何ですか。主任が来ないのなら、私帰らせてもらいます」えり子は頭の中で大きく声を張り上げた。しばらくの沈黙があって気まずい雰囲気になったと思っていたが、課長はそうではなかったらしい。腕組みをして下を向いているが、頬や口元が緩んでいる。こらえきれないように「ふっふっふっ」と笑っているではないか。

課長が顔を上げた。

「やあごめんね。今日は君の慰労会のつもりなんだ。僕たちが外を飛び回っている間、いつもオフィスにいてサポートしてくれているだろう。僕たちが成果を上げられるのも君のおかげなんだよ。本当にそう思っている。主任も呼ぶつもりだったけどなかなか彼の都合がつかなくて。本当はこういう場合やめるべきなんだろうけど。何かだましたように取られるかもしれないが、自ら君のことを激励したい気持ちが強くってね」

こう言われると、えり子は何も言い返せない。

頭の上の提灯がぶるぶると震えて少し下がってきた。

「ところでこの前はどうしてすぐ電話を取らなかったんだ」

えり子は首を傾げた。

「この前と言うと？」

「この前だよ。韓国から僕がかけたときだ。事務方とはいえ君も企画課の一員なんだから、いつでもどこでもすぐに電話を受け取る習慣をつけてないとだめじゃないか」

あきれた言い草だ。えり子はにらみつけたい気分だった。電話はすぐに取るべし。なるほどもっともらしいお説だけど、業務外、業務時間外の用件なのだから上司の立場を利用した方便にすぎない。あの日、執務室に携帯を置き忘れて本当に良かったと、えり子はしみじみ思った。その場ですぐに取ったりしたらどんな面倒なことを言われたのだろう。普段は忘れものなどしないえり子が忘れたのにはやはり警鐘の意味があったのだ。

さらに言えば、取りに帰ったりしなければよかった。そうすれば、つけ入る隙を全く与えることはなかったはずだ。こんな不快なことを言われずに済んだのに。

「ああ、そうそう」

課長はふと思い出したように体を後ろにひねって、黒い書類カバンの中から小さな箱を取り出して、えり子に「これ。開けてみて」と差し出した。無地の淡いブルーの包装紙で、店名やロゴなどは何も書かれていない。

「何ですか。これ」

「何だっていいじゃないか。さあさあ、開けてみてよ」

これが例の「おもちゃ」とかいう韓国のお土産なのだろうか。どこまで課長の遊び心に付き合わなければいけないのだろう。えり子はしぶしぶ受け取った。いったいびっくり箱の中から何が出てくるのだろう。岩田課長の熱のこもった視線を感じながら、包みをのろのろと開ける。セロハンテープを注意深く爪でひっかきながら、包装紙が破けないように丁寧に外していく。恐る恐る箱を開けると、中から出てきたのは華奢なシルバーのネックレスだった。

ティファニーのオープンハート?

ブランド物に興味のないえり子でもその名は知っている。昔から男性が女性に贈るアクセサリーの定番中の定番。ただし若い男女の間だけど。

「気にすることはないよ。快く受け取ってほしい」

目を丸くするえり子を見て課長は愉快そうに言った。

「高いものじゃないんだから。おもちゃだって言っただろう。それは本物の十分の一ぐらいの値段しかしないらしいよ」

課長曰く、観光地ではブランド物目当ての客のために、偽物だと分からないほどの本物そっくりなものを取り扱っている輸入代理店がある。もちろん良心的な相応の価格で提供していて、ぼったくりなどではない。場所は繁華街の外れにあるマンションの一室で、特別なコネがある人でないと教えてもらえない。

「僕は現地の通訳ガイドにこっそり教えてもらったんだ。知る人ぞ知るお店だよ」と自慢した。

えり子は、韓国から電話してきたときの、課長の高揚した感じのしゃべり方を思い出した。あのとき、興奮気味だったのはこのネックレスを買っていて気持ちを抑えられなかったからだったのか。

「これを私にくださるなんて。どうしてですか」

「実は思うところがあってね」課長は座卓に肘をついて両手を組むと顎をのせ、えり子の顔をじっと見た。「松木君、君、もったいないよ。僕が君の彼氏だったら、こんな髪形にしてほしいとか、こんな洋服着てほしいとかいろいろ注文つけるんだけどな」

えり子は首を横に振る。

「どういうことですか。私には課長の言っている意味分かりません」

「そうかな」

「今どきの働く女性は皆忙しいんです。短い時間で仕事もプライベートもやりくりしないといけません。だから身支度も短時間で済ませます」

「特別な人のためになら話は別ですけれど」という言葉を呑み込んで、「そんなに相手の注文なんて聞いていられません」

「おやおや、君って案外つまらないこと言うんだな」

「それに、私はそんなことを言う人は自分の彼氏にはしません」

えり子は注意深く言葉を選びながら言った。

「ありのままの自分を認めてくれる人がいいということかな」と課長は聞いた。

「そうです」

話の矛先をうまく変えることができただろうか。課長は彼氏がいるかいないかを探っているようだが、上司に話す必要なんてないんだもの。この人に清司のことを話す必要はない。

そもそもそういう話題を出すこと自体、セクハラなのだということを、この手のおじさんはいくら研修で繰り返し説いても理解しない。職場のハラスメントなんてどこ吹く風、自分がいる世界とは別次元の話だと思っているのだ。単なる通り一遍のお題目としか思っていないのでたちが悪い。

頭の上の和紙の提灯はさらに大きく揺れてきた。課長はまるで気づかない様子だが、少しずつ下がってきて課長の顔はもう半分隠れて見えなくなった。これは都合がいい。課長の顔なんて見たくない。課長の話なんて聞きたくない。

「君が飾らない素朴な女性であることは、もちろん承知している。そこが君の大きな魅力である点もね。でもそろそろ自分の見せ方を工夫してもいいんじゃないのかな。相手や場面に応じた装い方というのも優しさのひとつだし、多少は人のために演技することも必要なんじゃないのかな」

どういうことだろう。歯が浮くようなセリフばかりだけど、私のことが本当に好きなんだろうか。今までそんな素振りを見せたことがなかったのに。

そのとき、襖を開けて仲居が入ってきた。


えり子は靴音を響かせながら、市役所通りの石畳の歩道を歩いていた。そのそばをバスが背後から灯りを投げかけながら次々に追い越していく。

えり子の装いは、白いパフスリーブのブラウスに紺地の花柄フレアースカート、大ぶりのトートバッグという、どう見ても夜のウォーキング向きの格好ではなかったが、かなり前のめり、早足で進んでいた。もしその姿を見かけた人がいたならば不思議に思っただろう。幸いなことにあたりには誰もいなかった。

えり子は左腕を上げて時計をちらっと見る。

八時半。長い長い夕食会が終わった。ようやく課長の独擅場から解放されたのだ。

「タクシーで家まで送っていこうか。いやそれとも、もう一軒」

課長は上機嫌の体《てい》で何度も繰り返した。

「私はバスで帰りますから」とえり子がいくら言っても「じゃそこまで一緒に行こう」としつこく誘ってくる。

「課長酔っていますね。明日二日酔いにならないといいですけれど」

えり子は足早でその場を離れた。

「そっちは違うんじゃないの。ねえ、君、松木君」

課長の野太い濁った声が背後から聞こえる。来るときはあんなにこそこそしていたのに、食事を一回ともにしたというだけで態度が大きくなっている。もし他の誰かに見られたらどうするのだろう。誤解されかねない危険な行為だと思わないのだろうか。

最寄りのバス停だと課長があとをついてくるかもしれないので、一つ目のバス停を急ぎ足で通過した。後ろを何度も振り返り、課長がついてこないのを確認してほっと胸をなで下ろした。外の空気はひんやりとして心地よく、沸騰をさますにはちょうどいい。このまましばらく歩くとしよう。

そうして、えり子は一人夜の歩道を黙々と歩き続けた。バスターミナルから二つ目のバス停を通り過ぎたが、まだえり子の頭の中をいろんな思いがぐるぐると駆け巡っている。

緊急事態だと嘘を言い、仕事の用だとかこつけて、デートの既成事実を作り上げる。「おもちゃ」と言って煙《けむ》に巻いて、恋人同士の証しを強引に受け取らせる。どちらも正面からのアプローチではない姑息な手段だ。

それにあの待ち合わせ場所から店に行くまでの間のぎくしゃくしたロボットみたいな歩き方といったら、全く人を食ったようなふざけた態度。

二人でいるところを他の人に見られるとまずいという意識からおかしな行動をとっているのだが、一転して「二人静」の中でのように、自分のテリトリー、安全地帯に入ってしまえば図々しい態度をとる。二人きりのときには、しゃあしゃあと言いたい放題だ。

あれもこれも思い出すだに忌々しい。

私ってバカだ。本当にバカだ。

「バカだ！」

頭の中の言葉が途中から口に出た。

夜空はガラスのように透明な藍色で、地上近くに刷毛ではいたような白い筋雲が伸びていた。芳しい香りがほのかに漂ってくるのは、タイサンボクがどこかに植えてあるのだろうか。

街灯やビルの灯り、店のネオン、車のライトが通りを明るく照らしている。他に歩いている人もちらほらいる。そのうち街の灯りも車の往来もまばらになってくるだろう。

私はつくづくバカだ……。課長にも腹が立ったが、自分にも腹が立った。

肩に掛けている紺のトートバッグの中にはブルーの小箱が入っている。ティファニーのオープンハート。

どうしてこれを受け取ってしまったのか。

どうして「だめです」と言って返さなかったのだろう。

ついうっかり受け取ってしまっても、時間内に返すチャンスはあったはずだ。おもちゃだからとか、出張の土産だからとか、わけの分からない理由で丸め込められたとしても。

「往年の大スターに似ている」と言っていたマトリョーシカ先輩に、今日のふてぶてしい課長の姿を見せたらどんなに驚くだろう。

「明日からでもつけておいでよ。目立つのが嫌ならば、ブラウスの下にでも」だって。気持ちの悪い冗談だ……。

課長がえり子の下着姿を想像しているのだと分かって衝撃を受けた。

これを着けることはまずないだろう。絶対にない。どうしよう。捨ててしまおうか。その歩道の脇の植え込みの中にでも放り投げてしまおうか。

えり子の慎重な性分がそれを止めさせた。持ち前の本能が働いた。後でどう役に立つか分からないが、セクハラの証拠のため？　とっておいた方が得策だと思った。

想像の中でだけ、剛腕投手のように思いっきり腕を振りかぶって歩道に投げ込んだ。チャリン。ネックレスは木っ端微塵《こっぱみじん》に砕け散ってしまった。

ひとりぼっちの探偵

会議の翌日、清司は仕事の合間を見計らって奥の書庫に向かった。そこは編纂事業のために収集した古文書や歴史的資料を保管する場所なのだが、五年以上経った資料室の公文書ファイルも保管してある。

清司が書庫に入ると生ぬるい空気が鼻を突いた。長いこと閉め切っているせいでかび臭い空気がこもっている。広さは執務室よりやや広く、そのほとんどを灰色のスチールラックが占めている。横は二列、縦は八列の書架タイプである。空いているスペースには、丸めたポスター、パンフレットの入った段ボール箱、紙の大型裁断機などが無造作に置いてある。

天井の換気扇は微かに作動しているようだが、エアコンは効いていない。普段は資料を取りに来るだけなのでつける者は誰もいないのだろう。

春、秋はいいとして夏は蒸し風呂状態だ。こんなところに長くいるものじゃないな。さっさと済ませてしまおう……。

先日の会議で議題になった会計の積算ミスについて、清司は自分なりに調べてみようと思った。誰がどのような経緯でやったことなのか。本当はどういうことだったのか。

会議の数日前のこと。左右に控えている室長補佐二人が中央の室長の席に椅子ごと集まり額を寄せ合って相談をしていた。彼らは時々そうやって内緒の話をする。声を潜めて息だけで「しゅわしゅわしゅわ」と話す。彼らは聞こえないと思っているかもしれないが、かえって耳につき注意をひいてしまう。耳が慣れてくると、ぼんやりでも内容が聞き取れる。

室長が清司の座っている席をこれ見よがしにちらっと見て、嫌な薄笑いを浮かべ、何ごとか室長補佐二人に言った。日頃は温和で異議を唱えない右の補佐が「いくら何でもそれはないでしょう」と大きな声を出して周囲はハッとなった。もう一人の左の補佐も赤い顔をして「うーむ」と唸って天井を見上げた。室長は「いや、いや、今のは冗談だよ」とごまかすように笑いながら補佐二人をなだめていたが、そのとき、清司には室長の言ったことが天啓のようにひらめいた。

前任者の使い込みだということにしよう。

清司の席は前任者が座っていた席でもある。現在いないのをいいことに責任を押しつけるつもりだったのだ。もし当時、清司がいたならば清司のせいにされたことだろう。

いったい誰がこんなミスをしたのか。担当者の名は言えないのか。

「今回の件については担当者のミスではなく、チェックできなかった組織として責任があると考えていますので、個人名についてはお答えできません」

あたかも担当者を守るかのように聞こえた答弁も、本当は自分たちを守るためのものだったのだ。結局会議では多くは語られず真実はうやむやのまま。これからも真実が語られることはないだろう。ならば自分で調べてみようと清司は思った。前任者のせいにされたら彼が気の毒だ。

書庫の八列のラックは、ほとんどが市史編纂のための収集資料だが、一列は事務関係に充てている。大まかに経理、庶務関係を会計年度ごとに収納しているが、取り出した後きちんと元に戻していないのか、ファイルが入り乱れて雑然としている。これでは目当てのものがすぐに見つかりそうにない。左上の棚から順につぶしていくことにした。指差しでひとつひとつ読み上げ確認していくが、時間がかかりそうだ。あまり席を外していても怪しまれる。何回かに分けて行う必要がある。

奥の片隅に寄せて備品が置いてあった。灰色スチール三段の脇机。その上に黒いパソコンが置いてある。

なぜこんなところにパソコンが?

パソコンから伸びたコードを確認してみると、壁の電源コンセントに差し込んである。

この場所に置いて今も使っているということだろうか。人差し指でそっと表面をぬぐってみたが埃はついていない。誰かが最近使ったようにも見えるし、処分するのを怠って放置しているようにも見える。型式は現在職員に一台ずつ配備されているパソコンよりも前のもののようである。

清司は電源ボタンを押してみた。しばらくするとモーターの回る音がした。本体は作動しているが、画面は黒いままだ。立ち上がるのに時間がかかりそうだ。机の引き出しを開けると中には古いＣＤやごちゃごちゃと絡まったケーブルがある。

書庫から退散しようとしたところで、ラックの一番下の段に目が留まった。すきまなくびっしりと詰まっている中、無理やり押し込んだような凹んだ跡がある。清司は身をかがめ、書類の間に埋没しているファイルを抜き出した。あわてて一時的にでも隠そうとしたのか。背表紙に名前がない。手に取って中をぱらぱらとめくってみる。まだ新しいものだ。ビンゴ！

清司は指を鳴らした。やっぱりそうか。どうやら自分の勘は当たったようだ。

数日後の昼下がり、清司は会議室のデスクの上に書類を広げ、窓の外の景色を眺めながら物思いにふけっていた。

向かいの建物の壁や駐輪場の屋根に陽が反射して眩しいほど白く光り、建物の影は濃く黒く道路に落ちている。そのコントラストの強さゆえ室内にいても真夏の日差しの強さ、外の暑さが感じられる。それに比べここはまるで別天地のようだ。とても涼しい。少々冷えすぎだと思うが。

清司は誰もいない場所で予算案中間レビューを集中して一気に片付けたいと思い会議室を使っているのだが、どうしても別の考えが頭をよぎり手が止まってしまう。

なぜ、このようなミスが起きたのか。初歩的なミスではないのか。

もしうっかりミスなどではなく、人為的なミスだったら。不正な支出があって帳簿をごまかすための人為的な操作だったとしたら。

この前書庫で見つけた帳簿では、同じ費目に対して他の部会より天童さんの部会への支出が多かった。室長は、何かしら天童さんに便宜を図っている。そしてそれに対する報酬を受け取っているだろう。見返りがなくやるはずがない。室長と天童さんの密接な間柄は資料室では公然の秘密だ。

資料室に蔓延する不自然な偶然、曖昧なごまかしと無視、怠慢となれ合い、薄笑いと目配せ、不思議なムラ意識、そして権力への固執。そこから導き出される一つの結論。それは……。

「……なんだけど」

頭の上から声が降ってきて、あわてて清司は目を上げた。室長の不機嫌そうな顔が目に入った。へのへのもへじそっくりの顔。清司は自分の考えに没入していたので、室長が横に立って話しかけていることに気づかなかった。それにしてもいつの間に部屋に入ってきていたのだろう。足音も立てずに猫のように忍び寄って。

「すみませんでした。今聞こえませんでした。もう一度言ってください」

室長は冷ややかに清司を見おろした。

「ぼんやりしていたんだね。君はいつもそうだ。夢想家さん」

そう言って室長は顎をぐいと突き出した。

「君は来て四か月経ったけど、少しはここの様子が分かりましたか」

清司は答えに詰まった。もとより返事を促したものではない。親切に様子を気づかってきたと思うほど清司も馬鹿ではなかった。まだまだお前をここの一員だとは認めてないぞと言外に仄めかしているのだ。そうか、そちらがそういうつもりならば、いっそのこと。

「ひとつ訊いてもいいですか」

「うん。なんだね」

「この前の会議に取り上げられた前年度の積算ミスについてですが、私にも詳しい内容を教えてもらっていいでしょうか。室の一員として知っておいた方がいいと思いますので」

勢い任せだった。室長の顔色が変わった。まさかそんなことをずばり言い出すとは思っていなかったのだろう。度肝を抜かれて言葉が見当たらなかったのか、室長はしばらく黙っていたが、

「まあ、そういう考えもあるかもしれない」と言った。

そういう考えもあるだろうって。苦しい言い逃れだなと、清司は思った。

「私には教えてもらえないのでしょうか」

「知る必要がないよ」

「どうしてですか」

「君を見ていて思うのだがね、真面目はいかんよ。真面目は」

室長は苛立ったように語気を強くした。

「物事はそう杓子定規には進まないところがあるんだよ。分かるかね」

「例えばどういうことですか」

室長は清司の隣の席に腰を下ろして諭すように語り出した。

曰く、この資料室の発起人は私と天童さんだった。私と天童さんが一つの部会をひな形として作り、それを今まで大切に育ててきた。はじまりは私と天童さんだった。

また人事プランを作るとき、気をつけなければいけないのは、人には社会的な序列ができていて、それを無視してはいけないということ。その点、天童さんは誰もが認める立派な人物。部会長としても、座長としてもふさわしい人です……。

清司が納得いかないような顔でうつむいていると、

「君は過去の資料まで引っぱり出していろいろ調べているそうじゃないか。ずいぶんと研究熱心なことだ。早くその成果を仕事に生かしてほしいものだね」

そう言い残すと室長は席を立って部屋を出て行った。

清司ははっとした。室長は遠回しな言い方をしたが、清司には思い当たる節があった。

清司はその後も何度か書庫に足を運んで続きを調べた。その度に、用があるはずもないのに熊田がいつの間にかふらりと書庫の中に入ってくるのでおかしいなと思っていたが、あれはやはり後をつけていたのだ。

それにあの言い方、清司が疑問に思っていることを先回りして封じ込めている。天童さんの部会を特別扱いしているのを認めたようなものだ。そんなことでごまかされたりしない。

どうしようか。日中合間を縫ってやっても時間はかかるし、資料を持ち出すと目立ってしまう。時間が足りない。それと一番大事な資料は室長の手元にある資料だ。デスクの中か、室長席のラックに置いてある。誰もが簡単に見られる場所には置いていないだろう。やはり休日に出てきて調べるしかないのか。

バイトのよし子嬢が小さな箱を持って会議室に入ってきた。部屋の一角にある備品棚へ向かい、引き出しの中に鉛筆、付箋、原稿用紙を補充していく。

ああ、そうだった。彼女が文房具の管理をしているんだった。

「ねぇ、ちょっといいかな」清司が声をかけると、よし子嬢は手を止めて振り向いた。

「二口になっている電源タップはあるかな。できれば三角形のものがいい。余っている古いものでもいいよ」

「電源タップって何でしょう」彼女は首をかしげた。とぼけているわけではなさそう。本当に知らない様子だ。

「ああそうだね、僕の言い方が分かりにくかったかも。何て言えばいいだろう。コンセントに取り付けるものだよ」

「コンセント？」

彼女は尻上がり調に節をつけて笑いながら言ったので清司も少し笑った。コンセントも分からないようだった。そう言われると清司も確たる自信がなくなってきた。確か日本語のコンセントは英語では全く違うものらしい。これは実物を見せて説明しないと。

壁のいわゆるコンセントを「これ」と指さして「この差し込み口が足りないので二又になっているものが欲しいんだ」

彼女は耳を傾け、うんうんと頷いている。いつもは清司に対して白けた態度だが、興味をひかれたのか、協力的で素直な態度をとっている。熊田たちとしゃべっているときと同じ態度だ。初めの印象が無愛想なだけで、打ち解ければ本当はいい子なのかもしれない。

彼女が良き話し相手になるかもしれないと思うと清司は心が浮きたってきた。

「それ、私、分かりました。分かりましたよ。名前は何て言うか分かりませんが」

よし子嬢はきらきらと目を輝かせ始めた。

「そう、分かってくれたんだ」

「分かりました」彼女は勝ち誇ったような顔をした。「ブタの鼻みたいなものですよね」

清司は絶句した。

彼女は同意と賛辞を待つ得意げな顔をしばらく維持していたが、清司は何のフォローもできなかった。気の利いたお返し一つ言えない。こんな時、熊田だったら軽口をたたいて、もっとくだらないギャグを言って彼女を笑わせるだろう。だから彼らは馬が合うのだ。清司にも心が通い合う瞬間が訪れたと思った。冷え冷えとした関係から、一気に雪解けになるかと思われたのに、彼女の期待する反応がとれずに、その機会を失ってしまった。やはり熊田になるのは無理なのか。

広い会議室には、清司とよし子嬢の二人だけ。折しも夕日が斜めから差し込んできて室内をオレンジ色に染めた。二人の交流の時間をドラマチックに演出するかのように。

よし子嬢は清司が気落ちしているのをよそに、舞台のライトを浴びて別人のようにぺらぺらしゃべりだした。

「用度係のおじさんは、それはいつも仏頂面しているんですよ。歳をとっていて、たぶん定年を過ぎている人ですごく気難しいんです。昼休みは窓口を閉めるけど一分でも過ぎたら絶対に開けてくれません。でもおじさんの気持ちが分からないわけではないです。人が入れ替わり立ち替わりやって来て、自分の用件だけ言って帰って行く。毎日同じことの繰り返し。何も面白くない。彼の下で帳面をつけるバイトの子がいるけど、おじさんがいつもがみがみうるさいので、暗い顔しています。途中で辞める人も多いです。他のバイトの女の子たちも用度係に行くのが好きじゃない。でも私はそのおじさんとちょっとしたきっかけで仲良くなったので全然平気なんですよ。おじさんも私が来るとうれしそうに『おっ、よっこちゃん』と言ってニコッと笑います」

よし子ちゃんというんだっけ。彼女は根っからおしゃべり好きなんだ。清司に向かってしゃべっているのではない。楽しく相手をしてくれる人なら誰でもいいのだ。彼女のお腹にはカセットテープが仕込まれていて、体のどこかのボタンを押したら延々と音声を再生しているかのようだ。おしゃべり人形よし子ちゃん。

「へえ、そうなんだ。いろいろ大変なことがあるんだ。でも『よっこちゃん』はおじさんのお気に入りってわけだね」

よし子嬢は頷いた。

「ありがとう。じゃよろしく頼むね」

「はい。では」

よし子嬢がくるりと向こうを向いた瞬間、丸い顔から笑顔が消え、すっと無表情になり、猫のように眼を細めた。

夜景

清司は久しぶりにえり子に電話をかけ、休日に会う約束をした。

室長が関わっていると思われる不審な会計処理について、清司は解決の糸口を見つけたので、気持ちの上で一段落ついたからだ。

昼間は二人でいろいろと話しながら食事をし、清司はくつろいだ気分になって日頃の憂さも忘れそうになった。もっと足を延ばしたくなり、前から約束していた場所にえり子を連れて行こうと思った。

「今日はもうちょっと遅い時間まで付き合える？」

「ええ、いいけど何があるの？」

「楽しみにしていて。それは暗くなるまで待たないといけないから」

「いったい、なあに」えり子が笑いながら言った。

――カクテルグラスの夜景を見せてあげる。

その場所は、市街地から少し車を走らせた小高い山の中腹にあった。市内に住んでいる者ならば、必ずハイキングや登山で行ったことのある観光エリアで、途中までは見覚えのある観光ルートの大きな道を行く。

清司の車が舗装道から外れて細い脇道に入ると、対向車もない真っ暗闇の中、ヘッドライトだけを頼りに進んでいかなければならなかった。小石を撥《は》ね飛ばしてすごい音を立てたかと思うと、急に大きな隆起に乗り上げて車が弾んだりする。

「キャーッ」

そのたびにえり子は悲鳴を上げる。

「ねぇ。大丈夫なの？」と笑いながら聞くえり子の声が車の振動で震えている。

「大丈夫って何が？」聞き返す清司の声も揺れている。

「この道で本当に合っているの？」

「分かっているよ。あっ」と言って清司が車のスピードを落とした。「ねえ、あそこ見て。狐がいるよ」

ヘッドライトの輪の中に一匹の狐がうずくまっている。急に眩しい光に照らされたのでびっくりした様子だ。目が赤く光っている。

「狐って可愛いのね」

えり子も小さな狐が現れたことで気持ちが和んだようだった。

しばらく狐は車とにらめっこをしていたが、やがてぷいと向きを変えて走り去った。

「いつになったら着くのかしら」

どこをどう走っているのか、全く見当のつかないえり子は不安そうに何度も聞いた。

「もう少しで着くよ」と清司は気休めを言う。

道はいよいよ狭くなり、車のタイヤはガタガタと音を立てる。張り出した灌木の小枝や伸びきった雑草がフロントガラスを無造作に撫でていく。

突然視界が開け、車が五、六台止められるような円形の広場に出た。

「この辺だ」と清司は車を止めた。あたりは草むら以外何もない暗闇だ。エンジンを切ると静寂が押し寄せた。

「ヘッドライトも消してみようね。そのほうがよく見える」

最後の灯りを消すと、車も二人の姿も、周囲の真っ黒な空間に溶け込んだ。

朧月がひっそりと頭上にある。息が詰まりそうな暗闇、静寂が広がる。

二つの山の尾根に挟まれて、曲線を帯びた三角形の夜景が浮かび上がった。まわりの闇が濃いゆえに、いっそう強く凝縮された宝石のような輝きを放っている。

「これがあなたの言っていたカクテルグラスの夜景なのね」

ため息交じりにえり子がつぶやいた。

「そうだよ」聞き取れないほどの声で清司が言う。

深い秋のしんとした空気の中、静かな街のざわめきが風に乗って聞こえてくる。車やバイクの走行音、街の喧騒、生活の営みがおごそかな通奏低音《つうそうていおん》となって運ばれてくるのを、二人はじっと耳を傾けた。

どれだけの時間が経っただろう。

「素敵だわ。いつまでもこの場所にいたい」

「うん。初めて来たときは僕もそう思ったよ」

清司の静かな声に、えり子は思わず傍らを振り返った。

初めて来たとき、ということは、今まで何度も一人で来ていたのね……。

「ねえ、私たちが付き合いだしたのはいつだったか覚えてる？」

「同期の忘年会のときからだよ。市役所に入って一年目の冬から。僕らの年はみんな仲良かったから、いろいろ理由をつけてよく集まった」

「私たち幹事だったわよね。余興の買い出しに行くとき、最初は四人だったけれどいつの間にか二人になって……。ラッキーって思ったわ。まるで二人だけのデートみたい」

「ああ、あのときね。二人には別行動するように前もって言っていたんだ。途中から消えてくれって」

「そうだったんだ」

「何だ。今まで気づかなかったの？　当然分かっていると思っていたのに」

「知らなかった。今初めて聞いたわ」

顔が見えないのに、二人でクスクスと笑い合った。

「忘年会の途中でね、黒木君が私に言ったの。『早川のやつに、えり子と付き合ってるの？どうなの？　いつも仲良さそうじゃないって聞いたんだ。そしたら早川は、今日だけは僕の彼女だった、って言ってたよー』って」

えり子は話しながら、そのときの間接的に告白された気分を思い出すと、こそばゆい気持ちになった。

「それで宴もたけなわの頃、皆好き勝手に席移動して、人のことなんかかまっていられないぐらい酔っぱらっちゃったときに、私が頃合いを見て清司の隣に行って聞いたのよね。『私って今日だけの彼女なの？』って。そうしたら『今日だけじゃなくて、これからもずっとにしようよ』って言ってくれた」

「あのときは、嬉しかったよ」

「お酒が入っていたから言えたんだわ」

「そうして僕らの付き合いが始まった」

しばらく会話が途切れてしんとなった。

「ねぇ、この夜景を見て何か思い出さない？」とえり子は言った。「心理学の授業に出てきた目の錯覚を利用した騙し絵。左右の黒地が、向き合った人の横顔に見えたかと思ったら真ん中の白地の部分が壺に見えてくる……」

「そういえばあったね……あれ、何と言うんだっけ」

「ルビンの壺……だったかしら」

「ああ、確かそういう名前だったね」

「山の間にカクテルグラスが浮かび上がってくるのは、そのルビンの壺に似ているわ」

「そうか。カクテルグラスだと思っていたのは壺だったのか」

「どちらに焦点を当てるかが問題なのよね。顔だと思って見れば顔に見えるし、壺だと思えば壺に見える。でも決して二つが同時に見えることはないの」

「同じものなのに、見方によって見る人によって全く違うものが見えてしまうんだね」

最初にこの場所を発見した時の、ワクワクするような不思議な気持ちを、清司は思い出した。どうしてこの夜景に惹かれたのか、分かったような気がした。やっぱり、えり子は鋭いな……。

「自分だけ違って見えてしまうんだ」

えり子はゆっくりと頷いた。

「他の誰もが見ているとおりに自分には見えない。皆と同じだったなら、どんなによかったただろうと思うよ」

「清司。そのことで悩んでいたのね」

「どうして自分が正しいと思うことが通用しないのだろう。郷に入れば郷に従えと言うけれど、職場のムードを尊重しなかったから、僕は追いつめられたのだろうか。いったいどうすればよかったのかな」

清司がハンドルに手をついたので、クラクションが静かな山の中に鳴り響いた。

少しして、えり子が「ねえ、詳しいこと私に話せる？」

清司は首を横に振った。

「そうよね。仕事の話だものね」

「でも、整理がついたなら、片が付いたなら、きっとえり子にも報告できると思うよ」

「うん」

「えり子のおかげでちょっと気が軽くなったよ。頭でいろいろ考えているだけじゃなくて、一歩踏み出してみようと思う」

そして次の日の日曜日、昼前に清司は職場に出てきたのだった。

大方の役所と同じく別館の正面扉は固く閉じているので、裏に回って通用門から入った。人気《ひとけ》のない館内は普段にもまして薄暗くひっそりとしている。廊下を歩く靴音が高い天井にコツコツとよく響いた。誰もいないと思っていても、中には照明の灯っている部屋もあって、清司は「別館でも休みの日に出てきて仕事をしている人がいる」とちょっと意外に思った。

資料室の前まで来ると、清司は身分証明書兼カードキーを取り出した。以前は休日出勤のときは、上司にお伺いを立て、鍵を借りなければならなかったが、今は自分のキーで自由に出入りできる。建物は古くても、部分的に新しく改装されているのがありがたかった。ドア横のスリットにカードキーを差し込むとランプが灯って解錠された。あらかじめ誰もいないと分かっていても結構ドキドキするものだ。

おそるおそるドアを開けると、閉め切った部屋特有の空気の臭いが鼻に流れてきた。人のいない室内はシンプルで、ブラインド越しに穏やかな陽が差し込み、整然と並んだ机を白っぽく見せている。

今日は自分一人。いつも陰鬱な顔をしている室長も、ふてぶてしく睨みを利かせている熊田もいない。喜びが爆発的にこみ上げてきた。彼らがいないことがこんなに清々しく気持ちのいいことだなんて思いもしなかった。いかに毎日窮屈な思いを耐え忍んでいるかということだ。あまりの解放感に、もう少しで大声を出して、くるくる回って踊りたい気分になったが、何とか自分を抑えた。ゆっくりしている暇などないからだ。

一応、イントラネットで全員のスケジュールは確認しているが、急に用ができたとかでいつ誰かが顔を出さないとも限らない。今日清司が出てくることは、もちろん誰にも言っていない。ただでさえ目を付けられているのだから休日出勤なんて言えるはずもなかった。届け出など出せば即座に却下され、しつこく詮索されることは分かっている。

街のどこかで正午を告げるサイレンが鳴った。

清司はまず室長の机まわり、キャビネットから取りかかった。人目があるときは近寄ることのできない禁断エリアだ。普通はちょっと一言断れば持ち出しＯＫなのだが、清司と室長の関係性の悪さにより触ることができなくなっている。

以前、他部署からの問い合わせがあったときに、室長の手持ちの予算関連書類が必要になったので、

「見せてもらえませんか」と頼んだが、室長は決して手放そうとはしなかった。

清司側からは見えないようにファイルの背表紙を向けたまま、「何の表？」「どの数字がいるの？」と聞いて自分で書類を見て答えた。

「私が自分で見るので貸してください」と清司が言っても頑として渡さなかった。そもそも職員に見せられない書類なんてあるのだろうか。清司は、大いに怪しいとにらんでいた。

室長の机の引き出しを上から順に開けていった。一番下の深い引き出しにファイルが隙間のないほどぎゅうぎゅうに詰めてある。背表紙をざっと見ていった。

「これは何だろう」

黒い厚手のファイルを抜き出したが、紙が綴じずに挟んであったらしく、あっという間に手元をすり抜けて、中身が足元に散らばった。大急ぎで拾い上げるが、どの順番で紙が挟んであったか分からない。清司は大きなため息をついて、しばらく固まった。これでは月曜日に室長が出て来たとき、誰かが勝手に触ったことに気づくだろう。起きてしまったことはしょうがない。順番が分からないままファイルの中に戻し入れた。

「あった。これだ」

去年八月の中間レビュー。

室長が絶対に清司に見せたがらなかったファイルは、内容からするとこれに違いない。予算関連書類に、赤いボールペンで矢印やら細かい数字の書きこみがある。数字を操作した跡のようにも見えるが、詳しく調べてみないと分からない。後でゆっくり見るとして、赤い修正が入っているページのコピーを取った。

誰もいない室内は静かで、唯一聞こえる時計の音だけが、タイムリミットをカウントするようにやけに大きく響いている。ぼやぼやしている暇なんてない。引き出しを閉めようとしたがこれまたなかなか閉まらなかった。中のファイルがひっかかっているのだ。何とか無理やり押し込んだ。

次に清司は奥の書庫に向かった。

部屋の奥の机の上にパソコンが置いてある。ノートパソコンが出回り始めたころの厚みのある黒いタイプだ。

今では全く使っておらず、廃棄し忘れて部屋の隅に保管しているだけのように見えたが、表面を指で触っても埃がつかない。ということはときどき使っているのだろうか。電源ケーブルがつながっているのを確認して、スイッチをオンにする。

パソコンは、なかなか立ち上がらなかった。清司は近くにあったパイプ椅子を持ってきて、腰を下ろした。真っ暗なディスプレイが鏡のようで、映った自分の顔を見つめたまま待つこと三、四分、やはり壊れているのではと思い始めた頃、ようやく中央にウィンドウズのマークが現れた。

ファイルを探してクリックしてみる。数字を操作した証拠や、裏帳簿があるとすれば、執務室のパソコンではなく、このパソコンの中にあるだろう。

清司はファイルを展開していって下の階層にそれらしきものを見つけたと思った。

そのときだった。少し離れたところで、かすかにコトッと音がした。清司は一瞬手が止まったが、振り向きはしなかった。

よくあることだ、誰もいないのに音がするのは。それはたいてい部屋にいる幽霊のせいだから……。

斜めに立てかけておいたファイルや本が倒れたり、剥がれかかっていたポスターが落ちたり。別に気にすることではなかった。特にこういう音は、なぜか一人でいるときに起こる。

「あっ。これかもしれない」清司は小さくつぶやいた。持参したＵＳＢを取り付け、ファイルのコピーを取った。

遠いところで、ドアの把手が回る音がしたと思った。資料室だろうか。それとも別の部屋？

清司は手を止め、耳に全神経を集中させた。把手がまたもとの位置に戻る音がした。

足音も、何の物音もしない。近寄ってくる気配もない。

清司は椅子から腰を浮かした。またギッと床を踏みしめたような音がした。誰かが忍び寄ってくる気配がする。息を詰め静かに移動している。なんて器用な動きをするのだろう。

パソコンが「作業を終了しました」とメッセージを表示した。清司は、素早くＵＳＢを取り出し電源を落とした。

執務室に戻ったが、何も変わったことはなかった。誰もいなかった。

ただ入口のドアの近くに、小さい丸いものが落ちていた。清司はそれを拾い上げた。ボタン。アンティーク調のメタルボタンだ。たぶん、男物の背広かジャケットについていたものだろう。

清司は、あたりを窺いながらそっと資料室を出た。三階の他の部屋は閉まっていて、廊下は静まりかえっている。

カードキーで施錠すると、彼はジャケットのポケットからボタンを取り出して、まじまじと見た。さっき部屋に入った時は、あっただろうか。気がつかなかった。清司はしばらく記憶をたどっていたが、思い出せるはずもなかった。ボタンを宙に軽く投げ上げて横からつかみ取ると、またポケットに収めて歩き出した。

昭和初期に建てられ、市の歴史的建造物にも指定されているこの建物は、天井が高く、贅沢に空間を使った大きな吹き抜け、幅の広い螺旋階段が特徴であるが、人っ子一人いないとまるで遺跡のようだ。

そう、過去の遺跡。夢のあと。「資料室」は以前、前市長が部下十数名を従え、権勢をふるっていた「執務室」だった。重要な決定が下される司令塔であり、市の中枢と言っていい場所だった。職員は皆、誇りと緊張感にあふれた面持ちで、忙しく働いていた。それも今となっては昔話だ。十年前に道路の向かい側に新しく建て替えられた本館にその機能は移ってしまった。別館には何の権限もない。清司は、ふっとため息をついた。

過去の栄光、過去の権威。いつまでもそんなことにこだわっているからいけないのだ。今の現実をしっかりと見なければ。

清司が階段を降りようとしたそのとき、エレベーターの扉が開いているのを目にした。ちょうどおあつらえ向きに、まるで自分を出迎えているように開いていた。

清司はちょっとためらった。いつもはエレベーターを使わない主義なのだが。でも、まあいいか。今日はなんだか疲れた。こんな日ぐらい使ってもいいだろう。そう思い、清司は飛び乗った。

清司は飛び乗ったつもりだった。確かに足をエレベーターの床と思われるところに置いた。

しかし、彼はバランスを失い、足を踏み外した。そこにはあるはずの床がなかったからだ。

突然、異次元のだだっ広い空間に体ごと放り出された。わけがわからず、手足をバタバタさせ懸命にもがいた。

何の冗談なのだろう、誰のいたずらなのだろう。いったい我が身に何が起こったのか。必死で思い巡らせたが、気がつけば、彼はただただシャフトの中を落ちていった。まわりの灰色のコンクリートの壁がぐんぐんせり上がっていく。

ひゅうひゅうと体が風を切る。

これはまるで子供の頃に見た、落ちていく夢そっくりじゃないか。

でも、夢なら覚める。これは夢ではない。絶対に違う。

意識が冴えわたり、何もかもが怖いほど明晰になる。清司は短い時間に痛いほど思い知った。自分は死んでしまう。まちがいなく死んでしまう。もうすぐに。

体の重みで加速度をつけて落ちていく。絶望的な叫び声が口からほとばしり出て、大きな反響となって彼の全身を包んだ。

清司が最後に見たものは、ぴしぴしと走っていく赤い網の目のような無数の亀裂と、それらが砕け散り舞い上がった細かい破片の数々だった。

彼の体はシャフトの底、固いコンクリートの床に叩きつけられた。

◆

【新聞記事】平成十五年十月十三日

S市K町の市役所別館で十月十二日、保守点検中のエレベーターで男性が転落するという事故があった。男性は作業員に発見され救出されたが、搬送先の病院で死亡が確認された。警察によると、死亡したのは同別館勤務の早川清司さん（二十四）。

事故当時、点検のため三階の扉は開いていたが、かごは四階で停止していた。早川さんは三階からエレベーターに乗り込もうとして約十メートル下に転落したとみられている。保守点検会社及び市の管財課は、点検の日程は事前に通達を出しており、現場には安全のため看板も設置していたと説明した。警察では詳しい事故原因を調べている。

【辞　令】

岩田茂実

平成十六年四月一日をもって総務部資料室長の任を解き、同日付をもって総務部企画課長を命ずる。

二つの顔

えり子は市役所十二階にある大ホールに着いた。約束の時間より少し早い時間だ。

大ホールは会議室とレストランを除いたワンフロアの大半を使ったぜいたくな空間で、南側と北側の通路は広いガラス張りの窓で展望ロビーとなっている。七階の企画課からの眺めとはまた別のものだ。五、六人の見物客がおり、案内板と夜景を見比べておしゃべりをしたり写真を撮ったりしている。

えり子は北側の通路に立った。眼下には城址公園が圧倒的な面積を占め、こんもりとした黒い塊のように鎮座している。中世の歴史を残す城址公園は、春には桜が咲き見物客でにぎわいを見せるが、今は点在するスポットライトが豆電球のように光るだけだ。

公園の左手にはホテルとショッピングセンターを併設した大型バスターミナルがある。その間に市役所別館があるのだが、四階建ての小さい建物はビルの谷間に隠れてこの位置からは見えない。

右手には蛍のように柔らかい光を放つ市街地が広がっている。いくつかのビルの輪郭は闇に溶け込み、ハーモニカの吹き口のように整列した窓が浮かび上がり、帰路を急ぐ車のライトが川のように流れていくのが見える。

えり子の横を五十代くらいの男女二人が、大声でしゃべりながらレストランへ入って行った。彼らが夫婦なのか、仕事関係者なのかは分からないが、親密そうな様子から和やかな夕食のひと時を過ごすのはまちがいない。

えり子も数分後には中に入っているだろうが、食事や懇談が目的ではない。夕食は軽く食べてきた。

とんでもない。あんな人と一緒に食事なんかできるものか……。えり子にはやるべき大切な仕事が控えていた。

夜になっても季節はずれの暑さが残っていた。濃密な艶のある空気をえり子は感じていた。暗いガラス窓にはロビーの灯りが宙に浮いて映っている。

その相手はいつからそこにいたのだろうか。えり子の背後に、微動だにせずぴったりとくっついていた。歪んだ影法師のように立っている。まるで今にもマントを広げてえり子に覆いかぶさってくる怪人のようだ。えり子は素知らぬふりをしていたが、緊張のため白いショルダーバッグをぎゅっと手でつかんでいた。

「松木くん」

抑揚を抑えてそっとかけられたテノールの声は突然、宙に放たれた音のようで自分に向けて言われたとはすぐに分からなかった。

えり子がゆっくり振り返ると、相手のいたずらっぽい目に出会った。

「こんばんは。来てくれないかと思っていたよ。どのくらい待たせたのかな?」

「ずいぶんお待ちしていました。岩田課長」


レストランの中はかすかなざわめきと、ジャズ風にアレンジされたピアノ曲が心地よく流れていた。二人が案内されたのは窓際中央のテーブル席で、一番眺めのいい席だった。天井まで届く縦長の窓には白いオーガンジーのカーテンが掛かっていた。課長と同伴しているので、給仕係が親切にも椅子を引いてくれて、えり子は椅子に深く腰掛けた。

「一日が終わった後に眺める夜景は格別なものだね」

岩田はすっかり寛《くつろ》いでご機嫌な様子を隠せないでいた。

「そうですね」

えり子は正面に座っている岩田と目を合わせたくなかったので、周りを珍しそうに見ているふりをした。

平日の夜なのでレストランはさほど混んでいない。まばらに座っている客たちは、まるで実体のないホログラムのようだ。灰色でかすかにうごめいていて、今にも消えてしまいそう。彼らの話し声は秘密めいた異国語のようにくぐもって聞こえる。

天井は鏡を張り合わせたもので、ガラスドロップのシャンデリアが輝き、給仕係たちが逆さまに行き来しているのが万華鏡のように見える。

「ここはもっと営業努力をするべきだね。市役所に入っているレストランだということに甘えずにね」岩田は両手を組んで揉みながら経営者のように言った。

「はるか遠くまで街が一望できる眺めのいい場所だけれど、夜遅くまで開いていることは意外と知られていない。五時に閉まる公の建物だからね。でも、まあ、そのおかげで僕らはゆっくりと誰にも邪魔されずに時間を楽しむことができるわけだが」

「僕ら」という言葉がえり子は引っ掛かった。

「ここに夜来るのは初めてなんだね？」またもや親しみを込めたいたずらっぽい目。

えり子はその言外の意味を察して憮然として目をそらした。私がこれまで職場のすぐ近くの夜景の見えるレストランに来たことがないと思っているのかしら……。えり子は硬い表情を崩さなかった。

ＢＧＭのピアノ曲が「Ｇ線上のアリア」に変わった。さっき入ってきたときの曲は何だったっけ。ああ、カーペンターズの「二人の誓い」だった。

鏡張りの天井を見上げていると、チェックの蝶ネクタイをつけた給仕係がメニューを持ってきた。

「もう食事は済ませてきてるんだね」と岩田は言った。「何か飲み物を頼もうか。カクテルなんかいいんじゃないかな」

えり子は頷いた。

「僕は何にしようかな。……お任せにするよ。君はどうする」

「私は……私のイメージにあったものをお願いします」

給仕係が去ると、えり子は背筋を伸ばして岩田をまっすぐ見た。

「岩田さんがよくしてくださる心遣いは嬉しいのですが、何度もこういうことをされると困ります。公私の区別はつけたいので。私の方にもいろいろ事情がありますから」

岩田はすねたように上目遣いにちらっと見て「はあ」と軽くはぐらかした。

「そんなに流さないでください。私に相手がいないと思っているんですか。決めてかかっていますね」

「ああ、それは、それは」岩田はわざとらしく驚いたふりをした。

「うっかりしていた。済まなかったね。そのことについてはこれからゆっくり話をしようじゃないか」

給仕係が飲み物を運んできた。岩田にはＸＹＺを、えり子にはホワイト・レディを持ってきた。

「とりあえず乾杯しようじゃないか。君は本当によくやってくれている」

「いいえ、そんなお役に立っているかどうか」

「君の働きぶりには本当に感謝しているよ」

岩田とえり子はグラスを持ち上げカチッと合わせた。

「さっきの話なんだけど、いや、失礼な意味で言ったんじゃないんだよ。彼氏がいるように見えなかったから。勝手な話なんだけれど、僕の一方的な希望的観測なんだよね。自分が好意を持った女性には彼氏なんていなければいいのに。いやいるはずがない。いてもらっちゃ困る。確かに自分に都合のいいように決めつけていたんだね」

岩田はそんなことは大した問題じゃないとでも言わんばかりに薄く笑い、「で、本当のところどうなのさ」と身を乗り出してきた。

「いました」えり子は苦笑いを浮かべ、岩田の目を正面から見つめ返した。「一昨年まではいました、と言うべきでしょう」

「そうか、じゃ、もう別れたんだ。何だ。やっぱりそうなのか」

「いいえ、違います」

えり子はきっぱりと言った。

「彼は事故で死んだんです」

気まずい沈黙が二人の間に流れた。さすがに岩田は茶化すことはできず、神妙な面持ちをした。

「そうだったのか。これはまた辛いことを言わせてしまったみたいだね。すまん。悪かった」

「心にもないことをおっしゃいますね」

「えっ、それはどういうことだ」

「課長って韜晦の人ですね」

「トウカイ？」岩田は目を丸くした。

「自己韜晦と言うときの韜晦ですよ」

「ふーん。君も、難しいことを言うんだね。よく分からないな。それで彼どんな人だったの」

えり子はしばらくグラスの柄を持って、一口飲んで、ゆっくりとテーブルに置いた。

「彼が亡くなったのはもう二年ほど前になります。今でも信じられません。どこかに彼がいるようで、彼の携帯に電話してしまいそうになることがあります。番号を呼び出して押そうとして、彼はもうこの世にいないのだと気づくのです。

彼もこの市役所の職員でした。私たち同期の入庁で知り合いましたが、彼は本庁、私は出先に勤めていました。周囲には気づかれないように付き合っていました。別に隠すつもりはなかったけれど、彼との縁は大事に育てたかったので、誰にも言ってなかったのです。ありきたりのパターンですが、研修や飲み会で何度も顔を合わせるうちに、お互いのことが気に入って自然と付き合うようになったんです。私たちは性格や価値観がよく似ていて、無理のない穏やかなカップルでした。

デートを重ねて一年ほど経った頃、彼が本庁から別館に異動になりました。その頃からでしょうか、彼の様子が少しずつ変わっていったのは。私と会っているときもぼんやりと上の空で考えごとをしていたり、そうかと思うと、急に苛々して怒りっぽくなったり、以前の彼からは考えられない変わりようでした。

私がそれとなく聞いたところ、どうも新しい職場に移ってから、孤立して浮いていたようなのです。ちょっとした嫌がらせもあって、連絡や回覧物が回ってくるのが遅いと言っていました。実際、重要な連絡が一人だけ知らされなくて大ピンチになったことがあったって。酷い話ですよね。

でも、私には彼がもっと深刻な悩みを抱えているように見えました。私も同じ職員なのだから何か力になれることがあれば遠慮なく相談してほしいと言ったんですが、まだはっきりとしたことは分からないからと、肝心なところは教えてもらえませんでした。仕事上の秘密は友人や恋人にも話せませんからね。彼はそういうところ、嫌になるほど律儀だったんです。

半年ほどそういう落ち込んだ状況が続いて、そしてついにあの日、日曜日、事故は人気《ひとけ》のない別館で起こったのです」

えり子は一気に言ってしまうと、気力を使い果たしたように深いため息をついた。

「その日はたまたまエレベーターの点検日に当たっていました。彼のオフィスは三階でしたが、作業員はエレベーターを四階に停めたままメンテナンス作業をしていたそうです。数日前から通達が回っていたはずなのに、彼は開いていたドアから乗り込んで誤って転落してしまいました。

おかしな話ですよね。私の知っている彼はとても慎重で、自分の不注意でそんな事故に遭うような人じゃなかった。

私にはとうてい信じられませんでした。

けれど誰も目撃者はいなかった。不審な点はないということで警察では事故として処理されました」

岩田の軽口は鳴りを潜め、えり子の話に心から聞き入っている様子だった。眉根を寄せて、目の中には困惑が浮かんでいた。

「どこかで聞いたような話だと思いませんか。どうしてさっきから黙っているんですか？　一昨年まであなたがいた別館の話ですよ」

えり子の声の語気が強くなった。

「人って平気で知らないふりできるんですね。彼の名前は早川清司。聞き覚えあるでしょう。だってあなたの部下だったんですもの」

岩田の顔から笑みは消え、能面のように無表情になった。

「私は彼が誤って落ちたのではなく、人為的に仕組まれた事故だと思っています」

「……それはどういうことだね。話してごらん」岩田は押し殺した低い声で言った。

「彼は、その日点検があることを知らなかったんです。彼は以前から文書や連絡が回ってこないとこぼしていました。点検日を知らせる通達は例によって彼のところには回してなかったのです。たとえ彼が知らなかったとしても、当日エレベーター周りには『点検中』の張り紙、看板や柵、何かしらがあったはずですが、日曜日ということで、わずかな職員しか出てこないので、平日ほど対策も厳重ではなかったのです。

もし、誰かがあの日別館にいて彼の様子を見張っていて、彼が部屋から出て来る前に、看板や柵を取り外していたとしたら……」

「……いやはや君には驚いたな。そんなことを本気で考えていたなんて。想像力がたくましいのはいいが、もう終わったことなんだ。警察の捜査も済んでいる」

岩田は唖然とした様子だった。

「私はあなたの仕業だったと思っています」とえり子は続けた。

「何だって？」

「そんなに清司がまずいことをしたのでしょうか。いなくなってほしいほどの許せない存在でしたか。彼を死なせなければならないほどの理由があったのですか」

「ちょっと君」

岩田は声を荒らげた。

「どうしたんだ。さっきから何を言っている。僕は君の上司だぞ。いくらなんでも失礼じゃないか」

「正直言って私にもまだ上手く説明がつかないんです。ことの詳細は分からないし、どうやって実行したのかは推測の域を出ていません。

だから、あなたから誘いがあったときに話に乗ったのです。あなたに直接確かめたいと思ったから。

たぶん今回の件は偶然に負うところが多かった。成り行き任せというか、順番の前後はまだよく分からないところがある。

まず、あなたは自分側の何らかの後ろめたい事情で、清司を疎ましく思っていた。そして、そのことについて決着をつける必要があった。それは単純に清司を異動させてしまえば済む問題ではなかった。あなたの権限で呼び出して堂々と渡り合うことができるものではなく、むしろ、背後から気づかれることなく忍び寄り、不意打ちのような形で成し遂げるやり方がふさわしかった。

あなたは機会をずっと狙っていたの。そのためにあなたは、清司に、人目のない休日に出勤するように仕向けた。とてもさばき切れないような多くの仕事を押し付けるとかして。実際のところ、清司はとても残業が多かったわ。その時点では、あなたはまだどうするか計画していなかった。

けれどある日、これはうまく使えるかもしれないという機会が降って湧いた。エレベーターの点検日を知らせる通知が回ってきた。その日が日曜に当たっていたので、通知は回さないようにしていた」

「それで」感情のない声で岩田が言った。

「さっき君が言ったとおり、知らずに乗って落ちてしまったというわけか」

しばらくの沈黙のあと、えり子が口を開いた。

「直接手を下したわけではないので罪の意識は薄いかもしれません。でも、確率は低いけど、誰にも疑われずに、限りなく安全に殺す絶好の機会だった。あなたにとってはラッキーで、逆に清司にとっては不運きわまりない出来事だった。そして、それはうまくいった。でもそれは立派な殺人よ」

まるで本当にその現場に居合わせて目撃したのを思い出したかのように、えり子は自分の体を両腕で抱いて震えた。

岩田はやれやれというふうに頭《かぶり》をふり、「何だ。君の言い分はそのレベルのことなのか。偶然だとか運だとか、それが君の推理ごっこの結論なのか」と辛辣な口調で言った。

「君たちはやっぱり似た者同士なんだ。あいつもおかしい奴だった。ありもしない話を自分の頭の中で勝手に作り上げて妄想を膨らませていく。いくら注意してもまったく懲りずにいろいろ怪しんで嗅ぎまわっていた。そんな奴だから届けを出さずに勝手に休日出勤して事故に遭ったんだ。自業自得と言うしかないだろう。同情の余地なんか全くないね。

ついでに言うと、最近の若い奴は全然使えない。その前の年のヤツも、ぼんやりしていて階段から転げ落ちてそのまま休職だ。二年も続けて事故が起こるなんて、あの頃は全くついてなかった」

えり子は大きなため息をついた。

「私は彼の、何の駆け引きもしない、掛け値のないところが好きだった。彼は人を蹴落とすようなことはできない性格なので、民間の会社ではなく公務員を選んだと常々言っていたし、公務員として何ができるか、地域住民のために何ができるかなんて、冷やかされるぐらい本気で志していた」

「ふん。そうだね。確かに融通が利かないところがあったかな」

えり子は半分ほど残っていたカクテルに口をつけ飲み干し、空になったグラスをかざしてみせた。

「彼は夜景を見に連れて行ってくれたことがあります。一度だけ。それはこんな街中のビルではなく山の上から見下ろす夜景でした」

えり子が急に話題を変えたので、岩田はあっけに取られたが、えり子はかまわず続けた。

「それは山と山の間にあって、ずいぶん寂しい場所でした。彼は悩んでいることがあると、誰にも言わずに、私にも言わずに一人でその場所に車を走らせていたんです。彼のお気に入りの場所でした。静かで癒されて……。私は彼が亡くなった後、記憶を辿ってその場所を訪ねようとしたけど、捜し出すことができなかった。昼も夜も何度か行ってみたけれど、でも見つけられなかった。あの場所はいったいどこだったのか……。

清司と一緒でないと行けない。その清司が死んだのだから、もう二度と行くことはできない。清司が死んだこと、どこかでまだ信じられなかったけど、本当に彼がいなくなったのだと身に染みて分かったわ」

えり子も岩田も黙りこくった。

「岩田さんって足音立てないで歩くんですね。動作がとても静かだわ」

「え、何を言っている」岩田はえり子の真意を測りかねて、気遣わしげに彼女を見た。

「やっぱりそうだ。あなただわ。あなたに違いない。彼が言っていたの。足音を立てないで歩く人がいるって。いつも少し前のめりで歩く生気のない人。暗い廊下に白くぼんやり浮かび上がる無表情な顔はまるで吸血鬼のようだって。ああ、やはりあなただわ。あなたなら休日の静かな別館にいても忍び足で誰にも気づかれることなく動き回れる。清司の後をつけて動きを見張ったり、隙を見てエレベーターの貼紙を剝がしたり」

えり子の顔に怯えの表情が浮かんだ。

「ずいぶん自信があるんだね。証拠でもあるのかい」

「証拠ならあります。あの日、別館で岩田さんの姿を見かけたって人がいました」

「嘘をつくんじゃない」岩田は大声を出した。「そんなことあるもんか！」

周りのテーブルの客たちがあっけにとられて振り返った。岩田は視線が集中するのを感じた。焦っているのを気取《けど》られないように必死で自分を制した。

そんなはずはない。誰にも見られなかったはずだ。彼女は鎌をかけているだけだ。挑発して言質《げんち》を取ろうとしているのだ。そんな手に乗ってはいけない。落ち着け。落ち着くんだ……。

二人は互いに相手を探るような目でじっと見つめ合った。

「もう一つあなたの知らないことがある。私たちは付き合って一年半経っていたけど、清司の家族にまだ正式に紹介されていなかった。私は葬式にすら行けなかった。葬式後、清司の自宅を訪ね、線香をあげさせてもらったわ。私は同僚だと名乗ったけど、お母様は何となく気づいたみたいだった。そのとき、彼が仕事で使っていた手帳や、家に持ち帰った資料を見せてもらったわ。事故のときに持っていたカバンもあった。その資料は今でも預かっている」

岩田の反応をちらと見ながらえり子は続けた。

「手帳には断片的な走り書きがあって、そのときどきの清司の心情が綴られていた。読んでいて心苦しくなることもあった。清司がこんなことを悩んでいたなんて全く気づかなかった。なぜ私に言ってくれなかったんだろうって。その中に『岩田室長は便宜供与をはたらいている』というメモがあった。私はこれが鍵だと思った。彼が持っていた資料は多分それを裏付けるものだろうけれど、私が見ても内容が読み解けなかった。でも見る人が見ればきっと分かる。誰かこの資料の意味が理解できる人に託せば分かる。でもその前にあなたという人を自分の目で見て確かめたいと思った。どうして清司との間に確執が起こったのか。本当に清司が言うような人だったのか」

「ふん。それで、君の考えはどうなんだ」と岩田はぶっきらぼうに言って、はっと気づいたように、

「もしかして企画課に異動希望を出したというのは、そのためだったのか。人気の企画課ではなく私の近くに来るために」

「そうよ。彼の言うとおりだった。清司は私にヒントを残していたのよ。もしも自分が死んだときは」

えり子は岩田をひたと見すえた。「あなたのせいだとね」

「畜生」

低くうめくように言葉が出た。手がわななくように震えている。眼鏡の奥の目が怒りに燃え上がっている。

止まれ、止まれ……。自分の意思に反して手が震える。ショックを受けているのが分かった。えり子が自分の動揺を見ている。今度こそ自分がへまをやってしまったことを悟った。相手の挑発に乗ってドジを踏んでしまったことを。つい今の今まで上手く振る舞って

いたのに相手にはめられたのだと。彼は呻《うめ》いた。でも、これだけでは何の証拠にもならない……。

「これ以上話すことはないようだね」

岩田は顎を上げ、脚を組み、上体を斜め後ろへぐっと反らし、えり子を冷たい目で見おろした。

「君は明日からのことは覚悟しているんだろうな」

えり子はそれには応じずに、バッグの中から何か小さいものを取り出すと、そっとテーブルの上に置いた。

精巧な彫り物を施した鈍い光を放つアンティーク調のメタルボタン。それを見た岩田の顔色が変わった。

「これを、どうして私が持っていると思いますか」

えり子は静かに言った。

「彼が亡くなった後、彼の自宅に行ったことはお話ししましたよね。そのとき、彼のお母様から見せてもらったのです。これが、清司が着ていたジャケットのポケットに入っていたと。清司の持ち物の衣服のボタンではありません。いったい何でしょうかと。もちろん私にも分かりませんでした。それで私はこのボタンを預かることにしたのです。これ珍しいものですよね。なかなか同じようなものはないと思います。

でも私、最近これと同じボタンを見ました。三日前にあなたが着ていたニットのカーディガンに付いていたボタンです。クラシックでとても洒落たものですね。もちろんボタンは全部付いていました。大抵予備のボタンがあるのでそれを付けたのでしょう。当初ボタンが取れていることに気づいたあなたは、どこで失くしたのか分からず、すごく慌てたはずです。最悪の場合も頭に浮かんだでしょう。一番落としてはいけない場所で落としてしまった可能性もあるということです。あちこち捜しまわっても出てこなかったので、万が一のことを考えてしばらく用心してあなたはそのカーディガンを着なかった。ずっと封印していたのです。でももう二年経って大丈夫だと思って解禁になったということですか。案外詰めが甘かったのですね」

えり子は続けた。

「別館で事故のあった当日着ていたのではないですか。あの日、落としたんですよ。その場にいたという証拠です。平日の夜には毎日清掃係が入って執務室を掃除しているので、これは休みの日あなたが出てきたとき、落としたものです」

岩田の顔はみるみる血の気を失い、紙のように白くなってがっくりとうなだれた。それは当のえり子ですら「ちょっと追い詰めすぎたのではないかしら」と気の毒に思うぐらいだったが、気を取り直して言った。

「どうやらこれで決着がついたようですね」

勝ち誇るわけでもなく淡々と。

「私は今でもまだ信じたくない気持ちも残っているんですよ。あなたは今の職場、企画課では皆の先頭に立って引っ張っていく頼りがいのある理想の課長に映っている。私にしても清司のことがなければ、そして個人的に携帯電話にかけてくるようなことがなかったならば、他の人と同じようにいい関係が作れたかもしれない。残念なことだと思います」

えり子はふっとため息をついた。

「どちらが本当のあなたなのでしょうね。面白くない職場で不遇をかこち、人を陥れるような陰険なあなたと、今の職場のあなた」

厄除人形

アリとキリギリス

石井瞳。

二十四歳。

この歳にして私の人生のピークは過ぎ去った。これから先、いいことは何も起こらないだろう。楽しみもない。もう終わったと言っても過言ではない。

そう話すと年上の大人たち、特に女性は驚いて眉をひそめ、「何言っているの。甘えたこと言わないで」と説教しようとする。

それは一見して、私の病気は分からないからだ。しかし私が、「実はこういう状況なんです」と体の病、心の病のことを打ち明けると、彼らは一転して口をつぐみ、微妙な表情を見せる。それでも気まずさを払いのけるかのように、「まだ何も決まったわけではない。これから良い薬や治療法が見つかるかもしれない。克服している人もいる。がんばればなんとかなる」と大方の人は慰める口調に変わる。でも、彼らの決まり悪そうな表情は、その言葉が可能性の低い、その場しのぎであることを物語っている。

誰に何と言われようと私の人生、未来は終わったのだ。これから先ドラマチックに方向転換し、とてつもなくハッピーなことが起きるはずなどない。

さかのぼること十年前、私のピークは中学生の時期だった。

私と仲良しの下川礼子、福永亜希はいつも一緒にいた。私たち三人は学年でも目立つ存在だった。

礼子は両親が大学の教授で、有名な秀才だった。とびきりの頭脳を持ち、常に学年トップだった。彼女はなにごとも如才なくこなし、特に欠点がないように見えたが、秘かに悩んでいたのはアフロヘアのように膨張するくせ毛だった。そのため髪を肩まで伸ばし、きゅっとまとめていた。

亜希と私は礼子ほどではないが、やはり成績は上位だった。二人は双子か姉妹のように雰囲気がよく似ていて、おまけに自分で言うのもなんだけれど、庶民的美人で「某アイドルみたいに可愛いね」とよく言われていた。

高校は、三人揃って地元の進学校へと進んだ。

礼子は県下の秀才が集う学校でも相変わらず良い成績をとり、二年になってからは両親と同じく理系の研究職を目指すことにした。彼女のすごいところは、勉強だけではなく何事にも決して手を抜かない点だった。

主要五科目はもちろんのこと、他の体育や家庭科においても完璧を目指していた。そうじゃないと嫌なのだ。自分が許せないらしい。中学の頃からそういうところはあったが、さらに拍車がかかった。何ひとついい加減にすることができない性質だった。

私は「礼子はすごい」と口では言いながらも、「何もそこまでしなくてもいいんじゃないの」と、少しずつ彼女とは心の距離ができていった。

体育の授業で、毎年四月にはスポーツテストがある。一番きついのは持久走で、二〇〇メートルのトラックを五周走らなければいけない。たいていの子は、一周目は周りの様子を見ながら調整して走っている。が、礼子は最初から飛ばしていた。私はもう走り終わって芝生に座って見ていたが、「礼子ってあんなに足速かったっけ。余力残しておかなくて大丈夫なのかしら」と心配になった。

案の定、礼子は他を引き離してぐんぐん独走していったが、四周目になると失速して抜かれてしまった。

礼子の顔色は蒼白で倒れそうだったが、それでも走り続けた。私も見ていて気分が悪くなった。今思い出してもふらふらした気分がよみがえってくる。

家庭科の時間のこともよく覚えている。調理の実習でレタス、キュウリ、トマト、キャベツを使ってサラダを作った。どこにでもある材料で、誰が作ってもそんなに差がつくものではない。私の盛り付けは野暮ったくて、あまり美味しそうに見えなかったが、礼子の作ったサラダの盛り付けは、レストランで出てくるのと変わらないくらいの出来栄えで感心した。

手縫いの布巾を作ったときもそうだった。礼子の布巾は、ひと針、ひと針がまるでミシンで縫ったのと同じぐらいの目の細かさだった。他のクラスメートが、そのときのことを「少しの狂いも許さない礼子の真剣な目が怖い」と言っていた。

彼女はいったいどこでこんな緻密さを身につけたのだろう。家庭環境のせいなのか、それとも本人の資質なのか、とにかく妥協を許さない子だった。

礼子に比べれば私たち、私と亜希はもっとお気楽だった。女子の少ない進学校というのもあって、男子たちから大事にされた。二人にはそれぞれ特定の彼氏ができた。私の彼は一年のとき同じクラスだった佐伯君。背が高く色白で優しい子だった。勉強と恋とサークル活動と、理想的な学園生活を謳歌していたのだ。

当時のことを思い出すと、毎日が晴れの日だった。実際には曇りの日も雨の日も嵐の日さえあったはずなのだが、私の思い出の中の高校時代は、毎日が燦燦と陽がきらめく晴れの日だった。

しかしそんな日々にも終わりが来る。

三年後、確実に、アリとキリギリスの生活の結果を突きつけられたのだ。

大学入試。それこそが進学校に入った私たちの真の目的であり、最終目的。学園生活は楽しいながらも通過点に過ぎない。

礼子は、当然のように第一志望の地元の国立大学に合格した。それも噂によると学部で一番の成績だったらしい。

対して私は、いくつか受けた私立のひとつに辛うじて受かっていた。

そして、お気楽だと思っていたのは、実は私一人だけだったことが判明した。亜希はどんなに遊んでいるように見えても、やることはきちんとやっていた。堅実な選択として学校の先生になるべく、教育学部を受験し、合格していたのだ。

当たり前だ。どんなにモテて恋愛に浮かれていようと、熱く部活に打ち込んでいようと、勉強と両立させ、ゴール目前になれば受験勉強に専念するのが学生の本分だ。

寝る時間を削ってでも、十六歳から十八歳はそれができる。それだけの集中力、体力、知力は持ち合わせている。

私はそれができなかった。本当に勉強って二の次だったからね。

礼子や亜希には、電話で「おめでとう。よかったね」と伝えはしたが、それだけ。合わせる顔なんてなかった。

誰かに話を聞いてもらいたくて、佐伯君を家の近くの喫茶店に呼び出した。私が一方的に愚痴を言っただけだ。勉強しなかった自分がいけないのだが、二人が羨ましくて、これからの自分が不安でしょうがなかった。

礼子と亜希、それに佐伯君も地元の大学に受かっている。私も一緒に進学するつもりだった。これからも皆と一緒だと思っていた。それなのに、私は一人で都会の大学に行かなければならない。それも何かやりたい目標があって受けた大学ではないのだ。これから先どうなるのか、お先真っ暗。

「礼子はいいな。羨ましいな」

私は、大きなため息をつき、同じことを何度も繰り返しつぶやいた。

「当たり前よね。あれだけ勉強していたんだから。まるで勉強の虫みたいに勉強ばかりしていたんだから、受かって当然よね」

そしてしばらく黙ってしまう。またぐずぐずと愚痴を言いだす。同じことの繰り返し。

佐伯君はその間、ずっと黙って聞いていた。慰めの言葉はひとこともなかった。私から視線をそらし腕を組んで、ただ私の話をじっと聞いていた。

私が何度目かに「礼子はー」と言いかけたとき、

「やめろよ」ときつい調子で佐伯君がさえぎった。「友達のことをそんなふうに言うのは」

私はびっくりした。

「そんなふうにってどういうこと？　私、何か悪いこと言った？」

「もう礼子さんのことは言うな。瞳がうまくいかなかったことと、彼女は関係ないじゃないか」

「それは、そうだけど」

「もう聞きたくないんだ」と佐伯君はいつになく厳しい口調だった。

そう言われるともう何も言えなくなる。悔しいけれど。

その日は、次に会う約束もしなかった。

これからもずっと付き合おう、離れ離れになってもお互いに連絡取り合おう、という話も出なかった。

佐伯君とは、気まずいまま別れた。

私は、唯一受かった東京の大学に行った。女子大学の家政科だった。礼子や亜希ほどの親友でなくても、連絡を取りあう友達はいたし、女子大でも新しく友達ができた。

孤独だと思っていた都会の学園生活も、慣れてしまえば、刺激的で楽しいものになる。そして他大学との合コンに行って出会いらしきものもあった。

結局、佐伯君とは喫茶店で会ったのが最後で、お互いに連絡を取ることもなく自然消滅になってしまった。

半年経ってようやく前向きな気持ちになり始めた頃、私の体に異変が起こった。

まず、朝起きるのが辛くなった。目が覚めて、布団の中でもぞもぞと体を動かす。手足を伸ばそうとすると、節々が強ばっているのがぼんやりと分かる。全身が気だるく眠たくて、とても起きられそうにない。三十分から一時間ほどすると強ばりは消えるが、ひどいときには冷や汗が出て、寝返りも打てないほど全身が痛いこともある。

どうしたの……。私って小さい頃から体だけは丈夫だった。風邪だって引かなかったし、病気になんてめったにならなかった。いったい何が起こったのか全く分からなかった。

一か月後、病院で検査を受けた。

医師から告げられたのが、「自己免疫疾患」と呼ばれる病の一つ。今のところ完治する治療法はなく、生涯つきあっていかなければならないと説明された。

「三十から五十代で発症することが多いのに、あなたのように二十歳そこそこでこの病気になるなんて珍しいです。いえ、まれにですが、二十代でなる人もいます。なるべく進行を遅らせるようにしましょう。治療薬の開発も進んでいます。あなたは若いのだからあきらめないで。通院しながら大学も続けられます。仕事もできますよ。頑張っていきましょう」

やはり大学入試の失敗とそれにまつわる一連の出来事で、私は相当傷ついていたのだ。自分が思っていたよりはるかに体の中の細胞レベルのところでダメージを受けていた。自分をごまかし、空元気《から》を出しても体は正直だった。

東京の大学に送り出してくれた両親のためにも、取れる資格は取って、絶対に卒業だけはしなければと心に決めた。

東京の女子大を卒業すると地元に帰った。

管理栄養士の資格を取得した私は、食品会社に就職したものの、体調不良のためにたびたび休むことになり、半年で自分から辞めた。それ以来ずっと家に引きこもっている。働くことをあきらめたわけではないけれど、体が思うように動かないのだ。

両親は、私の病気に対して理解を示し、早い段階で長期にわたって支える覚悟を決めてくれた。そのことには深く感謝している。そして私は家に閉じこもり続けた。

毎日が、単調にのろのろと過ぎていった。変化のない退屈な生活を送っていたある日のこと、我が家の呼び鈴が突然鳴った。

「瞳。元気はどう?」

「ずいぶんお久しぶりね。少しは顔見せないと忘れちゃうわよ」

ドアを開けると、礼子と亜希の元気な声が玄関で弾けた。気がついたら三人はお互い飛びついて抱き合っていた。

二人は私が閉じこもるようになったのを人づてに聞いて、ずっと気にかけていたそうだ。なかなか誰とも会おうとしないというのを聞いて、いろいろ考えた末、私が断れないように、いきなり家に押しかける作戦を立てたのだ。

二人はやはり友達だった。私とお母さんは大喜びで家に招き入れた。私の部屋は奥の間にあった。

「隠居するには早いんじゃない、瞳」

「でも、こんなに大きい家だったらずっと家にいたい気持ちが分かるよね。これ瞳の部屋? すごい広い。あ、トイレもある。いいなあ」

そう、私の部屋は病室を兼ねた居室なのでかなり大きな部屋だ。二十歳過ぎの娘の部屋にしては、淡いピンクの小花模様の壁紙で少女っぽくまとめている。

全て私の病気のためだ。私が東京にいる間、両親は家を建て替えていた。たぶん、私が一生この家を出ていくことなく暮らすことを考えて建てられたものだ。礼子と亜希は嫌味なくさらっと「すご〜い」と羨ましがってみせた。

お母さんが部屋にお菓子とカットフルーツを持ってきた。三人で飽きることなく中学時代や高校時代の話をしていると、昔の感覚がよみがえってきた。どれだけ空白期間があっても二人は何も変わっていない。礼子は大学の研究室で働き、亜希は学校の先生になったけれど、偉ぶったり、私を見下したりはしていない。変わったのは私の方なのだ。

礼子と亜希、私は先を争うようにしゃべった。

「最近ね、かっこよかった国語の先生を近くの駅でよく見かけるの」

「学年主任だった先生？」

「違うわ。与謝野晶子が大好きだった若いロマンチストよ」

三人とも話したいことが次々に思い浮かんで、しゃべっている途中でも「あ、そう言えば」と話をさえぎりそうになる。

「いいわよ。お先にどうぞ。何の話？」笑いながら譲り合って話がどんどん広がっていった。

三人ともしゃべり疲れて一段落したころに、礼子が静かな声で言った。

「ねえ、瞳。佐伯君のこと覚えている？」

「ええ、覚えているわ」

礼子と亜希がしんみりとした様子になったので、私はすぐにピンときた。

「あっ、やめて、気にしないで。もう佐伯君のことは昔のことだから。彼と私はもう終わっているのよ」

「そうよね」礼子がうなずく。

「だってもう六年も前のことだもの」

私が大学受験に惨敗して、喫茶店で彼に思いをぶつけたあと、気まずい空気になり、そのまま別れてしまったのだった。

それから私は東京に行って、何人かの男性といい感じになって実際に付き合ったが、ネックになるのはやはり私の病気だった。病気が進んで足の関節が少しずつ痛くなり、相手のペースに合わせて歩くのが困難になった。すると、相手の方からそれとなく「さよなら」を告げられるのだった。

「佐伯君は結婚したよ」と礼子が言った。

半ば予想していたこととはいえ、胸の奥がかすかに痛んだ。

「そうでしょうね。彼、もてるし、いい人だったから」

これは私の紛れもない本心だった。

「相手がどんな人だか気になるでしょう」と礼子が言う。「大学時代に付き合っていた彼女で、卒業して一年もたたないうちに結婚したそうよ。全くどうしてそんなに早く結婚するのかしらねぇ」

「彼、惚れっぽいのよね。すぐに人を好きになるの。そして、ずっと一緒にいたいと思うの」と私は言った。

「それ、女好きとも言うわ」亜希が冗談のように言って場を和ませた。

やはり考えてしまう。もし私が彼と同じ大学に受かり、ずっと付き合っていたならば、もし私が病気にかからなければ、今頃彼と結婚していたのだろうか。

二人は、私が他の人から佐伯君のことを聞く前に、自分たちの口で伝えようと思ったのだろう。

「私たち女三人はまだ独身だというのにね」

礼子が言ってお互い顔を見合わせて笑った。

二人は日が暮れる前に帰っていった。私とお母さんは、門のところで二人の姿が見えなくなるまでずっと手を振って見送った。

それから二、三日は、幸福な気持ちの余韻で私は軽快に過ごせたのだが、その後また体調が落ち込んだ。毎日眠るように生きているのだった。

二人が訪ねてきたときのことはまるで夢のようだった。本当に彼女たちは来てくれたのだろうか？　そのことばかり考えている。

医師は気分転換が大事だと言った。この病気には精神的な面も関わっているので、何かやりがいを持てることを探したらいいとアドバイスを受けたが、私に何ができるだろう。何か打ち込めるものがあっただろうか。

ローズマリー

朝、目覚めた時、私はハッと閃《ひらめ》いた。

あの店に行きたい。

もういよいよあの店に行かないと間に合わない。今日どうしても行かなければ、取り返しがつかないのではないか。いつか行かなければと思ってずっと先送りしていた。どうして今まであの店のことを忘れていたのだろう。

あの店とは、自宅から西へ一キロほど行ったところにある輸入雑貨店「ローズマリー」のことだ。

ひっきりなしに車が通る大きなバイパスを横断し、少し進むとY字形の三叉路がある。「ローズマリー」はその角に居酒屋と隣り合わせにひっそりと建っている。普通の大人だと歩いて十五分だが、私の足だとその三倍はかかる。途中までバスに乗っていくことにした。

「ローズマリー」は高校時代から気になっていた店だった。

当時はバスで高校に通っていたが、半日の土曜日の帰りには、同じ方向のクラスメートの水田ひろ子さんと、話しながら約三十分かけて歩いて帰るのが常だった。その道の途中にあるのが「ローズマリー」だった。

通りに面して大きなガラス窓があるので、外からでも中の様子をうかがえた。チェーンで吊り下げた照明、アラビア風模様の大判の布、骨董品の壺、ドライフラワー、オブジェなどいろんなものが並んでいる。モザイクガラスの照明から洩れ出ている赤や黄色の暖かい光が店内をより魅惑的に見せていた。真面目な高校生だった私たちは、大人びた雰囲気の店に憧れつつも足を踏み入れることはできなかった。

時には数人の人が中にいる気配があり、髪の長い女性の影が窓辺に映っていた。

「まるで魔女の住処みたいだね」と私たちはため息をついて笑い合った。この店の中に入れるのはおしゃれな大人で、学校の規則どおりに制服を着ている平凡な高校生など相手にされないだろう。私たちは他校の生徒のようにスタイル良く見せるために、スカート丈を短くしたり、ウエストを詰めたりしていなかった。卒業しておしゃれをするようになったらいつかこの店に来ようねと、私とひろ子さんは言い合った。

それからもう十年近く経った。とっくに高校も卒業している。人から見てセンスがいいかどうかは分からないが、店を訪ねていってもかまわないだろう。

私はバスを降りて、バイパスから引っ込んだ細い道を歩いた。すぐ横を大通りから流れてくる車がスピードを出して行くので、私は注意しながら歩いた。店の前の木製の看板には「ローズマリー」と名前が記されていた。やっと来ることができたのだ。

石畳のステップを上がり、ステンドグラスがはめ込まれた大きな木の扉を押し開けた。足を一歩踏み入れると、ふわりといい香りが私を包んだ。これは何の香りだろう。サンダルウッド？　そしてほのかにラベンダーも混じっている。

青っぽい花柄のエスニック調のカーテンをめくって中に入ると、奥に人がいた。髪の長い女性が入口に背を向け、陳列棚の上の衣類をたたみ直している。私が入ってきたのに気づかないほど作業に没頭していたが、気配を感じたのか急に振り返った。

女性は「わっ」と大きな声を上げ、コメディアンのように大げさに驚いた。

私も予想外のことであわてた。

「すいません。声もかけずに入ってきて」

「あ、いえ、こちらこそぼんやりしていました」

女性はワンピースの裾を払いながら、にこっと笑った。「遠慮なさらずに、さあ、どうぞ見ていってくださいね」。

エキゾチックで謎めいた、店の人らしくない気どりのない振る舞いに、私はほっと安心した。

店内をゆっくり見て歩いていると、女性は何か言わなければと思ったのか、「うちはアンティークが多いんですよ」と話しかけてきた。

「えっ、そうなんですか」

「ただ古いっていうだけ。オープンしたときからあるけれど、売れないからそのままずっと置いてあるんですよ」

確かによく見れば、棚の上や花瓶などのオブジェには、全体的に埃がうっすらたまっている。

「私もアンティークなんですけどね」と言って一人で口を押さえてぷっと笑ったが、私はここでいっしょに笑っていいものか困ってしまった。

彼女は化粧をしていないが、肌はなめし革のように滑らかで、薄いそばかすが浮いている。面長の顔、秀でた額、切れ長の一重まぶたで、整った顔立ちだと言えるだろう。きっと人工的なものを嫌い、「自然」だとか、「ありのまま」、「自分らしさ」を信条にして生きている人だ。白髪の筋が交じった艶のない長い髪を、無造作に一つに束ねて、黒いロングワンピースを着ている。

「やっぱり魔女だったんだ」と私は内心おかしくなった。

私が立ち止まって商品を手に取ると、「そのTシャツは人気の商品で、色違いがありますよ」とか「肌になじんで使いやすいんです。これからの季節お勧めですよ」とか声をかけてくる。普段はうるさく感じることもあるのだが、私が聞きたいと思ったことを、ちょうどいいタイミングでさりげなく言われるので、心にすっと入ってくる。まるで気持ちが通じ合っているみたいだ。私はだんだん気分が高揚してきた。この店が好き！　この女性とは波長が合う！　もっと早く来るべきだった。

店内には、外から見て想像していたのより、はるかに多種多様なものが並べてあった。海外で好きなものを少しずつ買い集めていったら、こうなりましたという感じだ。西洋のアンティークからアジアの自然素材の服や布小物、お香と幅広い。

それらの中で特に私の目を引いたのは、小さな手作り人形だった。星形を軸にして白い毛糸をぐるぐる巻きつけ人形《ひとがた》にしている物で、目にはビーズをあしらっている。「厄災を代わりに引き受けてくれます」とポップカードが添えてある。

「身代わり厄除人形」とか「願かけ人形」と呼ばれているものだ。

一個六〇〇円。衝動買いしても惜しくはない値段だ。これで厄除けできるなら安いものだ。店に入ったならば、何か一つ買っていこうと思っていた私には、ちょうど手ごろな品だった。

「でもー」と、現在無収入の私は考え直す。これだと自分でも手作りできそうな気はする。

わざわざお金を出して買うものだろうか。立ち止まった私に、店主はすかさず声をかけてきた。

「それ、私がタイで買ってきたものです。おすすめですよ」

「効き目ありますか？」

「ええ。間違いないですとも」彼女は満面の笑みで答えた。

手作りってそんなに簡単じゃない。この怪しげで味のあるユーモラスな雰囲気がうまく出せるか。それに効果があるかどうか、つまり魂を込められるかというのが一番肝心な点だ。

「ピンクや黄色、緑のもありましたが、白は純粋さや幸運を表す万能のお守りです。持ち歩いてもインテリアとしてもいいですよ。取り扱いの説明書を入れておきますね」

レジで会計を終え、紙バッグに入れて渡すときも、店主は白い歯を見せて付け加えた。

「その子意外とよく働くんですよ。きっとお客様の役に立ちます」


ひろ子さんに電話してみようかな。

私は買ってきた厄除人形を机の上に置いて、眺めながらふとそう思った。

高校のクラスメートだったひろ子さん。週に一度、土曜日、おしゃべりしながらいっしょに帰った仲だ。ガラス窓越しに「ローズマリー」をいっしょにのぞいて「大人になったら来ようね」とたわいもない口約束をしていた。

「あの店に行ったわよ」という口実で、彼女に電話してみようかなと思ったが、手が止まった。

私たちは高校を卒業して七年経っている。

私は三月生まれなので二十四歳だけど、同級生は二十五歳になっている人もいる。

彼女とはものすごく仲が良かったわけじゃない。ひろ子さんは順調に大学を卒業して、今ごろ社会人として忙しく働いているだろう。

私は家に引きこもっているので、時が止まってしまっている。昔のことを昨日のように覚えているが、外に出ている彼女たちのカレンダーは日々更新されているのだ。

私が「ローズマリー」のことを後生大事に覚えていても、彼女は「そんなことあったっけ」ぐらいの認識かもしれない。いえ、彼女は優しい子だから、たとえ忘れていても上手く話を合わせてくれるだろう。

でも、やっぱり……アフター5は、お稽古事に勤しんでいたり、仲のいい友達と遊んでいたり、もしかしたら彼氏とつきあっているか、もう結婚して家を出て行っているかもしれない。

いろいろ考えて悩んだ末、思い切って電話をかけてみた。電話に出たのはお母さんだった。

「ああ、石井さん。確か高校のとき、一緒のクラスだった人ね。少し待っててね」と言って受話器を置いた後、「ひろ子。電話よ」と呼ぶ声が聞こえた。それから階段をぱたぱたと足早に下りてくる音が聞こえた。

「えーっ。瞳ちゃんなの。お久しぶり」受話器の向こうで明るい声がした。「どうしたの。瞳ちゃんが電話くれるなんて」

よかった。ひろ子さん、家にいてくれてたんだ。私はほっとした。

「ああ、そうなの。あのお店に行ったのね。私まだなのよ。すっかり忘れていたわ。それじゃ私も行ってみようかな」

そして、お互いにこの数年の近況報告をした。私は体調が悪くて仕事を辞め、今は家にいることを話した。ひろ子さんは地元の会社で働いているということだった。

「近いうちにお茶かランチでもしたいわね」

私は、いつかそのうちというつもりで言ったのだが、

「ええ、そうね。私はいつでもいいわよ。瞳はいつがいいの?」

と、ひろ子さんは言葉を素直に受け取ったようだった。

私はちょっとあわてた。「驚かないでね。私、前とは見た目が変わってしまったの」

「どういうこと？」とひろ子さん。

「うーん、ちょっと太ってしまったの」

ひろ子さんの申し出はうれしかったけど、私は内心不安だった。薬の副作用で、ずいぶんと体重が増えてしまって、顔は以前よりふっくらしている。久しぶりに会う人には別人のように見えるかもしれない。

「まあ、でも〝瞳〟は〝瞳〟でしょ。一緒じゃない」と彼女は言ってくれたが。

土曜日の午後に、ひろ子さんお薦めの流行のカフェでお茶することにした。私はお父さんの車で途中まで送ってもらった。

「久しぶりね」

彼女は私を見てもそれほど表情を変えず、手を上げて微笑んだ。私の容姿については何も触れなかった。

ひろ子さんはというと、高校のときよりもやせて垢ぬけているというのが最初の印象だった。オリーブグリーンの色でまとめた洋服もセンスがよく、彼女によく似合っている。

高校時代のひろ子さんは、強い個性の持ち主ではなく、おとなしく目立たない存在だったが、今の私からすれば、外で働いている若い女の子特有の輝きがあって眩しく見える。

卒業してからこれまでについて、いろんな話をした。病気のことや高校のとき付き合っていた彼氏のこと。

どちらかというと私の方がいっぱい話して、ひろ子さんは聞き役に回っていた。ふんふんとうなずいて聞いていたが、途中一回だけ何かに引っかかったように怪訝な顔をした。

それは私が「高校時代は佐伯君と付き合っていた」と話した時のことだった。

「私、佐伯君は亜希さんのことが好きなんだと思っていたわ」

ひろ子さんは戸惑った様子で言った。

「え、そうだったかしら」

「入学してすぐに亜希さんに一目ぼれして、人目もはばからず猛アピールしていたよね。見ている方が呆れるぐらい」

そうだったかな。そういうこともあったかもしれないと、私はぼんやり思い出した。

「亜希さんは他に好きな人がいたから、佐伯君の一方的な片思いで終わったんだろうけど」

「うん」

私が口ごもると、ひろ子さんは気まずそうに、

「知らなかったわ。ごめんなさいね、変なこと言っちゃって。私、無神経だったわ。瞳も

亜希さんもモテていたから、いろいろあったでしょうね。私はてっきり瞳は別の人とお付き合いしていたと思っていたの」

「ううん。私が高校時代付き合っていたのは佐伯君よ」

「そうだったの」ひろ子さんはしばらく黙っていたが、目を上げて「いつから付き合いだしたの」と尋ねた。

「えーと、そうね」私は首を傾げた。「二年のときからかな。友達としての交際期間がしばらくあったあとね。私、いきなり付き合うのはダメなんだ。友達としてお互いをよく分かったあとじゃないと」

「えーっ。どう違うの。お互い好きだったらすぐ付き合えばいいじゃない。昨日までは友達、今日から付き合うって宣言するの？」

「そうよ」

「へー。そうなんだ」ひろ子さんは、またしばらくじっと考えて「そういえばクリスマス音楽祭は佐伯君と一緒に行っていたわね」

私はうなずいた。

「ところで、今はどうなの」

「全然何もないわ。誰とも付き合っていないの」。私は首を横に振る。「ひろ子さんはどう？」

「私も同じよ。まあ、でも瞳だったら、これからすぐにでも彼氏はできるんじゃない。大丈夫。私たちまだまだ若いわよ」と言ってひろ子さんは笑った。

のんびりとしたひろ子さんの優しい言葉に安心して私は気が緩んでしまった。私はひろ子さんとの友達付き合いを大切にしようと思った。もし彼女がかまわないのならば、これからも私の話し相手になってほしい……。

新しい女友達

瞳から突然電話がかかってきたときは、驚いたし、嬉しかった。人づてに家にこもっているると聞いていたので、「もしよかったらお茶しようよ」と私の方から誘い出した。

久しぶりに会った瞳は「病気だから」「太っているから」と言って遠慮がちだったが、私から見ると、彼女の良さは少しも損なわれていなかった。

可愛いところ。無邪気なところ。裏表のないところ。石井瞳は、男子からも女子からも好かれていた。彼女のことを悪く言う人なんていたのだろうか。

私と瞳は、中学校は別だったけど、私は学区の境あたりに住んでいるので瞳の家からは近かった。

たまたま帰る方向が同じだと分かったとき、瞳は「いっしょに帰ろう」と気さくに言ってくれた。可愛い女の子って、同じくらいモテる人同士で固まって、近寄りがたい雰囲気があるけれど、瞳にはそういうところが全然なかった
毎週土曜日、瞳といっしょに帰る時間はすごく楽しみだった。

私は感情が表に出ないタイプだけど、内心は「ねえ、みんな見て。私、瞳ちゃんといっ

しょだよ。まるで二人は親友みたい」って誇らしい気持ちだった。

それなのに私ったら佐伯君のことで、瞳を傷つけるような発言をしてしまった。

彼女は何を言っても受け止めてくれるので、安心してつい口がすべってしまった。瞳が、あまり気にしていないように見えたのが救いだけれど。

でも佐伯君は、本当に亜希さんにゾッコンだった。授業中も頬杖ついて黒板は見ずに亜希さんの横顔にずっと見とれていた。

あんなに「好き好き光線」を送っている人も珍しかった。クラスの誰もが知っていた。

でも亜希さんには他に好きな人ができたので、結局、佐伯君の思いは成就しなかったのだ。

十二月には、わが校の伝統行事、一大イベントとも言えるクリスマス音楽祭がある。これは合唱部や吹奏楽部が、市民ホールで成果を発表する場で、学校関係者だけでなく誰でも入場できるが、在校生はカップルで行くという謎の不文律があった。校則で決まっているわけでもなく、いつから始まったのか分からないが暗黙のルールだった。

相手がいないと参加できないというのは、アメリカの高校のプロム（卒業ダンスパーティー）と一緒。

母校の音楽祭なのに三年間行ったことがないという人も多い。

なんて罪作りな音楽祭なんだろう。

このクリスマス音楽祭に佐伯君は瞳といっしょに行った。でも誘ったのは瞳の方だった。男子に人気があった瞳なのに、勇気を出して彼女を音楽祭に誘う人はいなかったのだろうか。彼女も何としても誰かといっしょに行きたかったのだろう。

瞳が佐伯君を誘った殺し文句は「兄貴として音楽祭に連れて行ってほしい」つまり「彼氏になって」というのは照れくさいので、兄貴として、保護者として連れていってほしいという口実を作ったのだった。

瞳が佐伯君のことを「兄貴」と呼ぶようになったのはいつからだろう。音楽祭の一か月前ぐらいからじゃなかったかな。

「佐伯君ってなんだか私の兄貴みたい」

そう言って、事あるごとに「ねえ、兄貴」と頼っていたのだ。

瞳は三月生まれなので、皆の妹みたいな存在だ。だから同級生を「兄貴」と呼んでもおかしくない。もちろんこんな古典的な、カマトトぶった手法、他の子だったらおかしいけれど、瞳だからこそ許されるのだ。

その頃、佐伯君は亜希さんに振られて傷心の日々だったから、瞳に甘えられたら「別に兄貴として行くならいいかな」と思ったのかもしれない。

佐伯君と瞳が音楽祭に行くという噂は、ぱっと広まった。そしてクラスメートにはおおむね好意的に受け止められた。

「えっ、二人はいつから付き合いだしたの？」「そういう関係なの？」

と男子はショックを受けたようだが、

「バカモン。二人は付き合っているのではなく、兄と妹として行くんだぞ」と女子の中から擁護する声があがった。二人はあくまでも兄と妹として認められたのだ。

だから、今ごろ瞳の口から「高校時代、佐伯君と付き合っていた」という言葉が出たときにびっくりしてしまったのだ。

私は二年に上がると瞳とは別の組になったので、そのままずっと付き合っていたなんて知らなかったし、思いもしなかった。音楽祭のための、その場限りのカップルだと思っていた。本当に二人ともお互いを好きになっていたなんて。

瞳の言葉を借りると、「友達としての交際期間がないと付き合えない」ということなので、「音楽祭のときは友達（兄貴）だった」。その後、恋人に昇格した」。彼女なりの理屈はちゃんと通っている。

でもどうして佐伯君だったのだろう。彼女だったらいくらでも言い寄ってくる男子は他にいたはずなのに。もっと彼女にお似合いの人もいたと思う。

何もわざわざ他の女の子、それも親友の亜希さんを「好きだ」と言っていた人と付き合うなんて。

佐伯君も佐伯君だ。いくら瞳と亜希さんが、姉妹のように雰囲気が似ているからといって乗り換えなくてもいいのに。本当に瞳が好きだったのかと疑ってしまう。

でもそれこそ余計なお世話なんでしょうね。その後、二人の友情にひびが入ったなんて話は聞いていない。瞳と亜希さんはずっと親友だった。何も問題はない。佐伯君は友達の元カレですらなかったのだから。

「でもねえ」と私はやっぱり思う。瞳は、どうして佐伯君だったんだろう。

自分の方が友達より可愛くて魅力的だと証明したかったから？　いえ、瞳に限ってそんなことあるはずない。瞳はそんな子ではない。

＊　　＊

ひろ子さんと近所のカフェ「クロワッサン」で三回目にお茶したときだ。「皆、瞳に会いたいんだって」
「五、六人で集まろうという話があるんだけれど」と彼女が言った。

ひろ子さんが他の友達に私のことを話したら、話が持ち上がったそうだ。

「みんなって、たとえば誰が来るの？」

ひろ子さんの交友関係は知らないのでちょっと不安になった。

「薄田《すすきだ》君と、彼の友達。女子も来るから安心して」と言って、高校時代の何人かのクラスメートの名前を挙げた。

確かに聞き覚えのある名前で顔も思い出せるが、高校生当時、話したことはないし、印象もあまり残っていない。あまり付き合いのない人たちだった。本当に私と会いたいと言っているのだろうか。

「薄田君ってひろ子さんが付き合っている相手じゃないの？」

彼女の話の中にときどき出てくるから、そう思って聞いてみたが、

「違うわよ」ひろ子さんは即座に否定した。「ただの知り合い。向こうからしょっちゅう電話かけてくるから仕方なく相手にしているだけ。私からすれば何も嬉しくないし、うるさいだけだけど、同じ中学校出身だからそう無碍にはできないって感じね」

彼女は「絶対ありえない」と言ったが、薄田君が電話をするのは、ひろ子さんに好意を寄せているのだと思った。

私はひろ子さんにとりあえず「ええ、行くわ」と返事をした。

家に帰って自分の部屋にいても、もやもやした気分が続いた。

自分の友達と集まる機会を作ってくれる二人の気遣いには感謝したいが、その一方、以前と面変《おもが》わりした今の私を、その友達が見てどう思うか考えると、気が重くなった。昔と変わらず受け止めてくれるのか、露骨にがっかりして態度が変わるのか。やはり人前には出ない方がいいのではないかと思ってしまう。

いろいろ考えあぐねていると、机の上に置いている厄除人形に目が留まった。

この人形のおかげなの？

この数年間、家に閉じこもり、時間の流れが止まっていたが、この人形を手に入れて以来、時間がさらさらと動き出している。

流れに身を任せていいの？

そろそろ外に向かって飛び出すときが来たの？

運命が動いている。少しずつ、ゆっくりと、音を立てて。運命の輪が回っている。

当日、私とひろ子さんは待ち合わせの場所に出向いて行った。

繁華街の大通りから一本中に入ったパブレストラン「ラプンツェル」の前で二人は待っていた。

私はひらひらしたレーヨンの小花模様のワンピース、ひろ子さんはジョーゼットの薄いブルーのワンピースを着ている。二人とも普段よりはおしゃれした格好だ。

自分でもすごく動揺しているのが分かる。勝手知ったる高校の同窓生だから、そんなに構える必要はないはずなのに。

「どうかいい日になりますように」と祈るような気持ちだった。

夏の初めの六月だった。

日も暮れかけて肌寒くなってきて、薄いカーディガンを肩に掛け、むき出しの腕をさすった。

遅れてきた男

「遅いわね。十分過ぎたのに、まだ誰も来ないわ」とひろ子さんがぼやく。

レストランの照明の光が黄金色に輝いている。入り口前にあるシマトネリコの葉のすき間から、お菓子にまぶした金箔のようにきらきらとこぼれ落ちていた。人を待つ間、緊張して胸が締め付けられるような感じは何年ぶりだろう。

「やあ、ごめん。ごめん」

少し遅れてやってきたのは、薄田君一人だった。急いできたのか額に汗が浮かんでいる。

彼を見るのは八年ぶりだが、高校生のときと印象はそれほど変わらない。猫背で太めの体。のっそりとした歩き方、どこかぎこちない表情。水色と黄色の格子柄半袖シャツに、ベージュのチノパンツという格好だ。お父さんが散歩するときの格好にそっくり。

「他の人はどうしたの？」ひろ子さんが怪訝そうに訊く。

私もそれが気になっていた。

「あー、済まない。心当たりに二、三人電話してみたんだけど、今日は全員都合がつかなかった」と言って額の汗をハンカチで押さえた。

「えーっ」二人は声を揃えて言った。

「いやあ、こんなことになって本当に申し訳ない。今日は僕一人でお相手させてもらう。その代わりと言っちゃなんだけど全部僕のおごりだ」

私は正直がっかりした。熱がすっと冷めたような気がした。おごってもらっても何も嬉しくない。この集まりに大きな期待をしていたわけじゃないけど、彼一人というのはあまりにあっけなく、肩透かしを食らった感じだ。

彼は私にさっと右手を差し出した。「今日はよく来てくれたね。よろしく」

かしこまった様子がおかしくて笑いそうになったが、彼は真剣な目をしていた。私は途中まで右手を出して引っ込め、恥ずかしくなって目をそらした。ひろ子さんはというと斜めに首をかしげ腕を固く組んでいる。

「どうして私に前もって連絡しなかったの？　ここまで来て自分一人と言われても困るわ」

ひろ子さんの表情は冷ややかで、明らかに不機嫌だ。

「だから謝ったじゃないか」と薄田君も言い返す。

「こんなところで立ち話もなんだから、とりあえず入ろう」

私とひろ子さんは顔を見合わせた。お互い気が進まないというのは分かっている。

「さあ、さあ」彼が再度促し、結局、私たちはきっぱりと「今日はやめる」と言うほどの理由を見つけることができずに、のろのろと店内に入った。

入り口のレジ周りは明るかったが、奥の客席は、ほんのりと薄暗く心地よかった。天井のダウンライトと各テーブルに林檎の形をかたどったビーズの照明が置いてあった。

客はまばらだったので、私たちは窓際の大きなソファ席に腰を下ろした。店員がすぐにメニューを持ってきて、私たちはサラダとピザ、飲み物をそれぞれ頼んだ。

「瞳ちゃんとは二年のとき、同じクラスだったよね」

注文が終わると、薄田君はすぐに私に話しかけてきた。

「ええ、そうだったかしらね」

「文化祭のとき、こういうことがあったよね」

「あの歴史の先生の口癖覚えている？　お決まりのダジャレあったよね」

たわいのないことだったけど、高校時代って本当に楽しかったなと思う。薄田君は私が覚えていないようなことまで「瞳ちゃんはあのときこうだったよね」と覚えていたので少し驚いた。

この人って本当に同じクラスだったんだ……。私は全然違うメンバーと一緒だったから、薄田君がどう行動していたかなんて全然思い出せない。彼は教室の片隅にいつも二、三人で固まっていたような……。でもその二、三人の顔も思い出せない。今日来る予定だった人たちはそのときのメンバーなのだろうか。

「ところで戸高《とだか》って途中から転入してきたやつ覚えている？　あの洋行帰りをひけらかした嫌味な男だよ」と薄田君が話を切り出した。

「別に自慢なんてしてないわよ。そう思うのはあなたのひがみでしょ。彼はお父さんの仕事で家族と一緒に外国に行っていたんだから。もちろん英語だってペラペラよ」とひろ子さんが擁護する。

「髪まで外国かぶれの赤毛で、身長もばかでかかったよな」

「背が高くてかっこいいと言いなさい。彼の茶色いさらさら髪は天然で、染めたわけではないわ」

「何だよ。いちいち混ぜっ返してうるさいな」薄田君は切れ気味だ。

「だってひどくて聞いていられないんだもの」

「瞳ちゃんは違うよね」薄田君は救いを求めるように私の方に向き直った。

「苦手だって言っていたよね。戸高のこと」

「うん」私は視線を下に落とした。「昔はそう言っていたかもしれない」

「昔は？　今はどうなの」とひろ子さんが訊く。

「私が病気になってから彼と偶然街でばったり会ったことがあったの。そのときやさしく声をかけてくれた」

「それで」

「私の様子が元気なさそうだと思ったのか、話をよく聞いてくれた。困ったことがあったら僕に連絡してって。いろいろ相談に乗るからって言われたわ」

「えーっ」薄田君は残念そうだった。

「さすが、戸高君ね」とひろ子さんは感心したように言う。

「どうして。瞳ちゃん。戸高嫌いだって言っていたじゃない。他のミーハー女と違ってさすがお目が高いと思ったのに」と薄田君は駄々をこねるように言った。

「その頃は彼のことをすごく意識していたんだと思う」と私は控えめに言った。

「戸高君すごく目立っていたから内心興味あったけれど、気づかれないようにバリアー張っていたんだわ」

「そうだったのね」とひろ子さんがうなずいて続けた。

「彼だってずっと順風満帆だったわけじゃない。お父さんが大学時代に亡くなって、バイトしながら勉強して苦労していた時期もあったのよ」

「戸高の話はやめだ。ここで終わり」薄田君は投げやりな口調で言った。

食事が終わり、店員が空いている皿を下げに来た。

「何か別のもの頼もうか。瞳ちゃんは何がいいかな?」

私は次第に気になってきた。

三人でいるのに薄田君は間に立って平等に話題を振ることなく、私にだけ話しかけてくる。体の向きも私の方に身を乗り出して、まるでひろ子さんがいないかのように振る舞っているのだ。

「そうだ。水割りを頼もう。つまみは……」

ひろ子さんは黙って横でドリンクを飲んでいる。彼女は感情があまり表に出ないので何を考えているのか分からなかった。薄田君とひろ子さんはいつも話しているので、今日は優先的に私の相手をしてくれているのだろうと、都合のいいように解釈していた。

でもそのうちに薄田君が私のことばかりかまっていたせいか、ひろ子さんはほとんど無表情になってきた。私は不穏な空気を薄々感じていたが、薄田君は一向に気にする様子もない。ますます早口になり口調にも熱がこもってきた。

「まあ、話が盛り上がって楽しそうなこと」

ママさんがウイスキーの水割りを盆に載せて持ってきた。

「今日は両手に花でいいですね」と薄田君に向かって言ったときだ。

薄田君が「花はこっちだけ」と素っ気なく言って私を指さした。

「まあ、何て言い方なんでしょう！」

ひろ子さんは突然、怒りを爆発させた。今まで彼女が態度を荒らげたことはなかったので私はびっくりした。

彼女は自分のバッグをつかむと勢いよく立ち上がった。

「私は先に帰らせてもらうわ。あとはどうぞごゆっくり」

「なんだよ。急に、どうしたんだよ」薄田君も慌てて立ち上がった。

「ひろ子さん。待って」私はどうしたらいいか分からずおろおろした。

いつものひろ子さんらしくない。温和な態度で、言葉が少なくても、よく話を聞いてくれるひろ子さんとは別人のようだ。

「あなたたちは残っていていいのよ。二人でゆっくりしていって」

私たちに背を向けたまま彼女は言った。

「待てよ。一人で帰るなんて言うな。俺たちもいっしょに帰るよ。勘定してくるから外で待っていてくれ」

こうして私たちは慌ただしく店から出ることになった。

「絶対帰るなよ」薄田君はもう一度念を押した。

薄田君が会計している間、二人は外で待っていた。ひろ子さんは今にも帰りそうだったが、不機嫌な顔をしてかろうじてとどまっていた。

私は酔いが覚めていく思いだった。今日の自分の態度を振り返った。彼女がいなければこの三人の集まり自体成立しなかったのに、彼女がまるで同席していないかのように二人で話し込んだのは失礼だった。特に薄田君は自分から言い出したのに、友達を一人も連れてこなかったのだから、彼女が気分を害するのも無理はない。

でも彼女だって大人げないと思った。急に怒り出すことはなかったんじゃないの。二人とも友達なのだから、話の中に入ってくればよかったのに。

薄田君が会計を済ませて店から出てきた。

「水田ひろ子」薄田君は芝居がかった大声を出した。

「いったいどうしたんだよ」

「ひろ子さん。今日ちょっと変だよ」

店の外で、二人してひろ子さんをなだめたが、機嫌は直らず、結局その日は二時間ほどでお開きになった。なんとも後味が悪い集まりだった。

翌日、私はひろ子さんに電話をかけて謝った。彼女が怒った理由は十分分かるからだ。

「別にいいわよ。瞳は何も悪くないわ」とひろ子さんは言ってくれたが、わだかまりが残っている感じだった。すっきり解消というわけにはいかなかった。

彼女は言葉が少ないので本心がはっきり分からない。いったんこじれてしまうと彼女は取っつきにくい相手だった。せっかくできた友達なのに、このまま彼女と気まずいまま終わってしまうのだろうか。薄田君が間に入ってうまく取り成してくれるといいのに。

薄田君は帰り際に「今日は変なことになってしまってごめんね。この埋め合わせは必ずするから、また三人で集まろう」と言った。ひろ子さんとは私よりも古い付き合いのようなので、彼女が機嫌を損ねても、このくらいのことで仲違いすることはないだろう。

一週間後、薄田君から電話がかかってきた。

「ひろ子さんはどうだった？　もう機嫌直してくれたかな」

私は一番気になっていたことを聞いた。

「あ、まあね」と彼は言葉を濁した。そのことについてはあまり触れたくないようだった。

「たまにああいう風に頑固になることがあってわけ分からないんだよ。昔からなんだ。しばらく放っておくしかないんだよ」

「えーっ、そうかな」

「そうだよ。彼女のことなんかどうでもいい。それよりさー」薄田君は少しためらったのち「今度は二人で会えないかな」

私は耳を疑った。「それ、どういうこと?」

「言ったとおりの意味だ。僕は瞳と二人だけで会いたい」

久しぶりに受けた直球の告白で言葉に詰まったが、温かい気持ちが胸の奥にじんわりと湧いてきた。

「この前会ってすごく話が通じると思ったし、一緒にいて楽しかった。いや、こういうのって一方的な思いを押し付けちゃいけないんだよね。瞳ちゃんはどうだった?」

私も同じ気持ちだった。でも、それじゃひろ子さんに悪い。ひろ子さんに了解を得ないといけない。彼女はあの日機嫌を損ねて、まだ仲直りしたわけじゃない。そんなときに二人で出かけたなんて知ったらいっそう怒ってしまう。

「どうしたの?」

「ひろ子さんのことはどうするの? 付き合っているんじゃないの」

「彼女とは何でもないよ。ただの知り合い。昔からの知り合いさ」と薄田君はきっぱり言った。

「そんなこと気にしていたの? 瞳ちゃんからそう言われると何だかやきもち焼かれているようで、ちょっとくすぐったいな。嬉しいよ」と照れたように笑った。

「彼女は古くからの友達なので、遠慮したり、お伺いを立てたりする必要はないんだよ」と薄田君は何度も繰り返したが、正直そうは思えなかった。話によると二人だけで何度か会ったこともあるみたいだし、ニュアンス的には薄田君の方から誘い出しているようだ。それではただの知り合いとは言えない。「やっぱりひろ子さんに悪い」「いや、そんなことないよ」と二人の間で押し問答になった。

私がなかなか折れないと悟ったのか、彼はしばらく黙っていたが意外なことを言い出した。

「この前思ったんだけど、瞳ちゃんは以前に比べて元気がなかったね」

私は、はっとなった。

「明るかった君が輝きを失っていたようなので、見ていて胸が痛くなった」

以前の私、以前の私……。

「なんで水田の方が偉そうにしているんだろうと思ったよ。瞳ちゃんと比べたら全然さえないくせにさ。君は高校の頃って大勢の友達に囲まれて皆の輪の中にいたじゃない。僕なんか遠くで見ていることしかできなかった」

「そうだったかしら。私ってそんなにすましていた?」

「あ、誤解しないで。そういう意味で言ったんじゃない。今はこうやって直接話すことができて本当にうれしい」

「うん」

「病気のこと聞いたよ。それで遠慮して外に出なくなったんだってね。もったいないよ。もっと多くの人とふれあった方がいいんじゃないのかな。瞳ちゃんには友達が必要なんだ。大勢の友達が。話し相手になったり連れ出してくれたりする友達がね、友達だったらいいだろう」

彼の言葉は長い反物が順々に折りたたまれるように、私を納得させた。

そうか、友達か。友達だったら構わないのか。ひろ子さんも「薄田君とは何もないよ」と言って笑い飛ばしていたし。

そうか。それだったらいいのかな。今まで揺れていた気持ちは急に収まった。不思議なもので一度そう思いだすと、今までいったい何を思い悩んでいたのだろうかという気にすらなった。

「善は急げって言うだろう。明日の予定はどう？」

顔は見えなくても薄田君は私の気持ちの変化に気づいたようで、急に早口になった。

「時間空いているよね。どこかに出かけない？　今の季節だったら海がいいかな、それとも山がいい？　僕のおすすめはねー」

考える暇《いとま》を与えないように次々と畳みかけてくる。ついつられて私は小さな声でイエスの返事をしてしまった。

こうして長い間止まっていた私の時間はついに動き出した。最初は少しずつ歯車がかみ合うようにゆっくりと、徐々に勢いをつけて回り出し、ついには目まぐるしく高速で回転していくことになるのだった。

夢のまた夢

翌朝八時には、我が家の玄関前に薄田君が自分の車でやって来た。国産のファミリータイプの車を中古で買って五年目ということだが、相当に走りこんでいるのだろう。もっと年季が入っているように見えた。

彼はあまり運動神経が良いようには見えないけれども、曰く「ドライブなら任せてよ」。休日に家にいるのが大の苦手でずっと出ずっぱり。車の運転は好きこそものの上手なれで、県内のほとんどの道は走っているし、近道や抜け道にも詳しいのだそうだ。

昨夜、薄田君に「どこに行きたいの?」と聞かれたとき、長い間家に閉じこもっていた私は、積もり積もったうっぷんを晴らすためと、照れくささもあって「海も行きたいけれど山も行きたい」とかなり無茶なリクエストを出したのだ。

「いいでしょう」彼は上機嫌だった。「叶えましょう。あなたの望み。行きましょう、どこまでも」芝居がかったおかしな節回しで答えた。私もつられて笑った。

「ただし、瞳ちゃんが頑張って早起きするのが条件だよ」

私たちは早めに出発したが、天気が良いので行楽地に行く道は車がいっぱいだ。

薄田君はせっかちなので、苛々していたが、私は幸せな気分でニコニコしていた。

「瞳ちゃん、何が面白いの？」

「だって、あれ見てよ」

前を行く車のリアガラスに空が映り込んでいる。車の中に綿菓子のようなふわふわした雲がいっぱい浮いている。それも一つではなくこっちの車、あっちの車にも。軽自動車にもフォルクスワーゲンにも、雲がふわふわ浮いている。

「いいなあ。瞳ちゃんはそんなことで喜んでくれて。今までそんな子いなかったよ。混んでいると『早くしてよ』と文句言う子ばかりで。全く自分勝手なんだから」

薄田君は約束どおり山にも海にも連れていってくれた。一日、二〇〇キロは走っただろうか。

抜け道を通っていくのだけど、やはりどこも混んでいた。S字のように大きく湾曲している緩やかな下りの道が先まで見通せる。車が等間隔でずっと連なっているのが、まるでベルトコンベヤーに乗せられて運ばれていく小さなオモチャの車のようだった。こうやって自分たちも運ばれていくのかなと思った。

あの車の中にはそれぞれの家族、恋人、友人たちが乗っている。私は休みの日、車で出かけていく人たちを羨ましく思っていたが、今日は私もそのうちの一人なのだ。

渋滞を抜けると、山の間を縫ういくつもの急カーブにさしかかった。遠心力に気持ちよく体を預ける。

太陽の光を浴びて一日中外にいるのは久しぶりだから、本当に気持ちいい。

薄田君は約束どおり、海にも連れて行ってくれた。海岸線を走る帰りの車の中は穏やかな静けさに満ちていた。私は夕陽を浴びながら、とろけるような空気の中でうとうととした。

「気持ちよさそうだね」彼が横から声をかけてきた。

「あ、ごめん。薄田君は運転しているのに、私眠っていたかな」

「ううん。かまわないよ。疲れたなら眠ってていいよ」

「今日は楽しかった。ありがとう」私は心から彼に言った。

薄い水色の空に、切れ切れに高く積み上がった白い雲が、夕陽を受けオレンジ色に染まっていた。

私が窓の外をじっと見ていると、彼が「どうかしたの?」と尋ねた。

「ほら、あそこに大きな雲のかたまりがあるでしょ。あれ、アメリカ大陸に見えるの。上の方が北アメリカで、下の方が南アメリカ」

「ふーん。なるほどね。言われてみればそう見えるかもね」

「水色の空は地球の海よ。私たちが、人工衛星とか、空の高いところからアメリカ大陸を見下ろしているみたい。空と地球が逆転している不思議な感じだわ」

「瞳ちゃんって想像力豊かなんだな」

　そうよ。薄田君は分からないだろうけれど、笑って言ったけれど、私はずっといつもひとりで空を見上げて過ごしてきたんだから。長い日々、刻々と形を変える雲をながめて過ごしてきたんだから……と寂しく思った。

　家から十キロほど離れたところに飛行場があり、我が家は飛行機の通り道になっている。子どもの頃は音が気になってうるさいと思っていたが、今はもう慣れっこだ。西の窓からぐんぐんと近づいてくる勇姿が見えるし、ちょうど真上を通過するとき、まるで巨大な鳥が羽ばたいたみたいに、家の中までさっと影が差し暗くなる。そして東の窓からは遠ざかっていく後部が見えるのだ。特に家に引きこもるようになってからは、また飛行機に乗りたい、飛行機に乗って遠くに行きたいという気持ちが強くなった。

「アメリカに行ってみたい」

　私はぽつりと口にしてみた。それは自分自身に向けて言った言葉だったかもしれない。

「いいね。行こうよ」薄田君は、私の気持ちとは裏腹にご機嫌なノリで言った。

一日外にいるだけで疲れてしまう私だけど、今の私にはアメリカに行くなんて遠い遠い夢だけれど、いつか私が元気になって、夢が叶う日が来るだろうか。

「アメリカもいいけどさ。今日は大急ぎで見て回っただけだから、これからは一つずつゆっくり時間をかけていこうね。時間はたっぷりある」と薄田君が言う。

「今日で終わりじゃないよね。ねえ、来週も会おうよ」

私は現実に引き戻され、目が覚めた。いくら友達だからと彼が言っても、私は今日一日だけと決めていた。ひろ子さんのことを考えると、これ以上二人だけで会うことはできない。

黙っている私に、「彼女とは何でもないって言ったのにまだ気にしているの。あれこれ考えなくてもいいからさ」と幼い子どもを諭すように言った。

結局、彼に押し切られて私は次も会うことになった。


「僕と付き合ってください」

薄田君からはっきり言われたのは二回目のデートのときだった。

私としては史上最速の成り行きだったた。ずいぶん早い展開だとも思ったし、当然のなりゆきとも思えた。

彼は情熱的で理想的な相手だった。家にじっといるしかない私のことを気づかって、まめに電話をくれる。彼の休みの日は全部デートに充てると言ってくれた。

以前の私だったら彼の良さには気づかなかったかもしれない。

彼は中小企業に勤めているが、今の私には第一線で活躍する人よりも、マイペースで着実に歩んでいる人の方が心落ち着く。それに昔から私を慕ってくれていたというのもポイントが高い。

ひろ子さんのことがちらと頭をかすめる。

薄田君が「水田には僕から言っておくので、瞳ちゃんはしばらく電話しない方がいい」と言ったので、一度謝りの電話を入れたきり連絡を取っていない。

本当のところ、予感はしていた。薄田君が言い寄ってくるんじゃないかなって。やっぱりという感じだった。彼が一人で来たときから？　いや、ひろ子さんの口から薄田君のことを聞いたときからだった。


机の片隅に置いている厄除人形。

そのとぼけた愛嬌のある姿を見ると、自然と笑いがこみあげてくる。

ありがとう。人形さん。

今の私の充実した毎日があるのは、あの日、あのとき、思い切って輸入雑貨店「ローズマリー」に行ったからだ。やはり今日どうしても行きたいと思ったのは、何かしらの勘が働いたのだった。

女店主が「きっとお客様の役に立ちます。この子よく働くんですよ」と言ったのは嘘ではなかった。あのときの、彼女のニッと笑った顔が忘れられない。

店に行ったことがきっかけで、ひろ子さんに連絡を取り、彼女との交流が始まった。そして親切な彼女が取り持ってくれた縁で薄田君と出会えた。

薄田君は私に交際を申し込み、あちこちに誘い出してくれるようになった。その結果、ひろ子さんとは疎遠になってしまったのが残念だけど。

ひろ子さんには悪いがやはり女友達と男友達では存在感が違う。力強さとか頼もしさ、そして将来を共にする可能性。彼と付き合うことで毎日に張り合いが出て、私の体調は少しずつ好転してきた。時がたてば、きっとひろ子さんとはやり直せると思う。女友達ってそんなものだ。

もしかしてジェラシー

「連絡が遅くなってごめん」

二週間、何の音沙汰もなかった薄田から夜に電話がかかってきた。

「調子はどう。その後変わったことはなかった?」

薄田は力のない声でおずおずと聞いてくる。

自分の分が悪い時に、回りくどく、こちらの出方を探ってくるのはいつものことだ。聞き取れないほどの小さい声で何かしゃべっている。

私はイライラして「何なのよ。もっと大きな声で言わないと聞こえない」と言った。

薄田はやや間があって、「石井瞳と付き合うことにした」と宣言してきた。

私は愚かにも「えっ、本当に?」と正直な反応をしてしまい、「しまった」と思った。ちょっと予想外だったのだ。私はこの男を見くびっていた。

薄田とは、中学、高校がいっしょだった。

頭はいいが、スポーツは苦手。おしゃべりで人の輪に入りたがるが、難しい屁理屈をこねて論破するのが得意なので、周りからは煙たがられていた。それに加えて、いわゆるアイドルオタクで、美少女アイドルの話は飽きもせず延々とする。男子も女子も、本当の友達はいないだろう。これまで彼女がいたことなんてないはずだ。

その薄田も年頃になって、そろそろ現実の相手探しを真剣に考え始めたってわけ。「下手な鉄砲も数撃ちゃ当たる」の例えどおり、薄田は一人に決めてアプローチするのではなく、同窓会などで数人の知り合いに粉をかけていた。私もそのうちの一人だった。

私たちは皆、声をかけられているのが自分一人ではないことを知っていたが、彼だけが数人をうまくジャグリングしているつもりだった。

だから彼が奇襲のように電話をかけてきて、「お茶」や「食事」、時には「ドライブ」にまで付き合わせても、同級生のよしみで適当に相手していたのだ。

「もうご飯食べたから」「今日疲れているから」とこちらが断っても、口達者な薄田は、いろんな理由をつけて無理やり呼び出した。そんな時でさえ、会計は割り勘だった。それも一円単位での割り勘。

私が割り勘に応じていたのは、彼と付き合うつもりはなかったから、借りを作りたくなかったからだ。

二人の間に瞳が加わった時に、薄田が前のめりで「今日は僕のおごりだ」と言った時、彼の瞳に対する本気度が分かった。

薄田も他の多くの男と同様、高校時代に一方的に瞳に熱を上げていた一人だった。

彼らがいくら憧れの眼差しで追いかけても、瞳からすれば全く目に入らない存在だった。

瞳に悪気はないのだけれど、彼女は自分にふさわしい男性と付き合うだろう。悲しいけれどそれが現実。モテる者とモテない者。強者と弱者。

しかしそんなアンバランスな関係も月日が経てば変化することもある。辛抱強く待っていればいつかチャンスが巡ってくる。

私がうっかり瞳とつながっていることを話してしまった時のことだ。

「瞳ちゃんって、もしかしてあの石井瞳のことだよね」

薄田の食いつきの早さといったらなかった。がぜん声の調子に熱がこもり、抑えきれない興奮で太った体を小刻みに揺らした。

ついにやった。待っていた好機が自分の元にやって来た。

別に自分の彼女でもないのに、瞳のことを話している間、にやにやしていた。

「瞳ちゃんのこと昔から好きで、ぜひ会いたいって言ってる奴がいるんだよ」

私は内心「ハイハイ、それはあなたのことでしょ」と白けた思いだったが、

「それは無理だと思う。彼女は病気で、太ったことを気にして、人と会うことに消極的だ

から」

と言葉を選びながら言った。

「でも瞳ちゃんは、瞳ちゃんだろう?」と薄田はあくまでも能天気だ。

「そいつのために、なんとか協力してやってくれないかな」

猫なで声で何度も催促した。

まるで他人事みたいに言っているけど、本当は自分のためなのが見え透いていた。口には出さなかったが。口実に使ったメンバーを誘わず一人でやってくるだろうことも、薄々予想はしていたが、本当にそうしたのはやはり驚きだった。当日の意気込んだそわそわした態度から、早晩まちがいなく彼女に言い寄るとは思っていたが、まさかこんなに早いとは。それも私を怒らせておいて何のフォローもしないうちに瞳と連絡を取っていたなんて。

不意を突かれて驚いてしまったことは、舌打ちしたいほど腹立たしかった。

「瞳は悪くないんだ。これだけは分かってほしい」と薄田が言う。

私は黙っている。

「ひろ子さんに悪いからって何度も繰り返し断った。それを自分が強引に押し通したんだから」

「そうでしょうね」私はひとり言のようにつぶやく。

「えっ、今何て言った？」

「何でもない」

「瞳は悪くない。これだけは分かってくれ」

薄田の芝居がかったセリフを聞きながら「オエッ」となりそうだった。

私は自分の見込み違いを痛切に感じていた。そもそも薄田に十分その気があっても、瞳はこんな男は絶対相手にしないだろうと高をくくっていた。病気の身で多少引け目を感じているとはいえ、そこまで安売りしないだろうと。

「でも、拒まれれば拒まれるほど燃えちゃってね。何としてでもこの子を手に入れたいと思った」

彼にとってはこの状況、初めての経験かもしれない。自分が勝手に作り上げた三角関係（その一角に私も含まれている）の主人公になって、どっぷりと物語に酔いしれている。鼻の穴をふくらませ、拳を固く握りしめ、武者震いしている様子がありありと目に浮かんだ。

「あなたの友達はどうなったの？　瞳のことが好きで会いたがっていたんでしょう？　私はそのために、わざわざ瞳を呼び出したのよ」

「僕もそのつもりだった。奴のために協力するつもりでいた。でもその前にミイラ取りがミイラになってしまったんだ。しょうがないだろう」

なんて歯が浮くようなセリフ。言い返すために準備していたようだ。私は何とか一泡吹かせてやりたかった。

「ねぇ。一度リセットしてみない？」

「はぁ？」

「ゼロからやり直すの。いったん白紙に戻して、友達をちゃんと誘って皆で会ってその中から彼女に選ばせるのよ。瞳はそれでもあなたを選ぶかしら」

「イヤだよ」と薄田は即座に言い放った。

「僕と瞳はもう付き合っている」

私は内心キーッとなったが、薄田はさらに追い打ちをかけるように、

「さっきからいろいろ言っているけどさ、もしかして、それってジェラシーなの？」

私は絶句した。

電話を切ろうかと思ったが、薄田にひとしきり言いたいことを言わせた後、矢を放った。

「ちゃんと考えているの？　瞳の病気のこと。彼女とよく話し合った？」

「彼女元気じゃないか。ちょっと大げさじゃない？」

薄田はむっとした口調で言い返した。

「まあ確かに足を少し引きずって歩くし、歩くスピードも遅い。本人は時々浮かない顔をしていて辛そうだ。でもそれが何だっていうんだ。誰にでもあることだし、君にだって将来起こりうることだろう。必要以上に大げさにあげつらうことないんじゃないかな」

せっかく手に入れた大切な彼女のことを不当にケチをつけられた、貶められたと思っている口ぶりだ。やはり薄田は分かっていないようだ。彼女の病気に対する認識が甘すぎる。

今は天にも昇る気持ちだろう。高校時代に手が届かなかった彼女が、突然目の前に現れた。幽閉されたお姫様をいち早く見つけ出した王子のような気持ちになって、先々のことまで考えられないのだろう。彼女がどうしていろんなことをあきらめて引きこもったのか全然分かっていないようだ。

私は瞳と待ち合わせした時のことを思い出した。

私は前の日に足首を捻挫して、足を少し引きずりながら歩いていた。

「昨日ね、足首ひねって今日ちょっと足が痛いの」

そう言った後、すぐに自分の失言に気がついた。

瞳は私の顔をじっと見つめた。怒りでも悲しみでもない諦めの表情。

「私は、ずーっと痛いんだよ」

瞳は日頃口にすることはないけれど、痛みとずっと闘っているのだ。連れだって歩いている時も、うっかり自分のペースで歩いて瞳を置き去りにしたこともある。

高校時代はスポーツ万能だった瞳が、普通に歩くことすら難しいなんて痛ましいことだ。はたして薄田のようにせっかちで自己中な男に瞳のエスコートができるだろうか。「それに」と薄田は言った。「ああいう病気って精神的な影響が大きいでしょ」

まるで自分と付き合うことによって、彼女が元気になると言わんばかりだ。かなりうぬぼれている。自分の言葉に酔いしれている薄田の顔が目に浮かんだ。

「水を差すようで悪いけれど」と私は前置きして言った。「彼女の病気は女性に多いと言われているので、男のあなたには分かりづらいかもしれない」

私の知っている範囲で、病気の一般的な知識と、彼女から聞いた普段の生活の様子をいくつか話した。身近にいる人がどのようにサポートしなければいけないのか、この病気が今後どのような経過をたどって悪化していくのか、将来どのような助けが必要になってくるのか。

薄田はしばらく黙って聞いていたが、「へえ、やっぱり友達なんだな。彼女のことよく考えている」と初めて感心したように言った。「サンキュ。参考にするよ」

うーん。本当に分かっているのかな。

＊

＊

高校の同窓会は、毎年一月二日に開かれる。

今までとても参加する気にはなれなかったが、今回、私は薄田君の強い勧めがあって出ることにした。

ホテルの会場にこわごわ足を踏み入れると、デパートと同じ匂いがした。女子は化粧品売り場のおしろいと控えめな香水の匂い。そして男子は紳士服売り場の真新しいスーツの匂い。

私は一人で来たことをすぐに後悔した。誰かと一緒に来るべきだった。

卒業して七年も経てば、当たり前だけれど、皆ずいぶん大人びて変わっている。変わっていないのは私ぐらいだ。

女の子はそれなりに垢ぬけて洗練されているし、男子はくつろいだ雰囲気の中にも社会の第一線を走っている自負と、自信がにじみ出ている。背筋をすっと伸ばし、上質な濃い色のスーツを着た彼らは近寄りがたいぐらいだ。

私は体形カバーのために、裾の広がったAラインの小花模様のワンピースを着ていた。

皆の中ではさぞや野暮ったく見えていることだろう。容貌が大きく変わった私には、昔のように人は寄ってこない。

「あの人誰？」「あんな人いたっけ？」と数人が珍しそうに遠くから見て、こそこそと話している。

クラスで一番お調子者だったK君が近くに寄ってきて、「あっ、驚いた。まるで別人28号」と朗らかに言ったのがきっかけで、周囲からはくすくすと笑いがもれた。顔をそむけて笑っている人もいる。

でも私は平気だった。だって薄田君がいるんだもの。私には彼がついている。どんなに見た目が変わろうとも態度が変わらない彼がそばにいてくれる。

「ああ、瞳ちゃん。ここにいたんだね」薄田君が私を探しに来た。太った体を丸めて猫背気味に歩いてきた。「こっち。こっち。みんな来ているよ」

案内された先には　彼と普段から付き合いのある友達数人がいる。この機会に紹介してもらうのだ。薄田君が同窓会に出るように勧めたのは、私を「彼女」として友達にお披露目する意味もあった。

「やあ、やあ、やあ」

「久しぶりだね。瞳ちゃん」

事前に話を通してあったのだろう。彼らは温かく迎えてくれた。

思えば半年前、薄田君とひろ子さんがセッティングした飲み会に参加していたかもしれないメンバーだ。薄田君の友達らしい、和やかで親しみやすい素朴な人たち。地元在住組なので、服装もダークスーツではなく、セーターとスラックスというくだけた格好だ。

もしも……という思いが一瞬頭をかすめる。あの日来たのが薄田君一人じゃなかったら、このうちの別の誰かと親しくなっていたのだろうか。言葉を交わしながら一人一人の顔を見たが、特に何の感慨も湧いてこなかった。

ひと通りあいさつが終わったので、薄田君の友達の輪から離れドリンクを取りに行くと、一人の女子が小走りに近づいてきた。

確か二年のときのクラスメートだった子。

肩と袖の部分に大胆なシースルーをあしらった緑色のコクーン型のワンピースを着ている。化粧が他の子に比べるとべったりと濃い。そんなにきれいではないが、高校時代も夏休みの間にパーマをかけたりして、どちらかというとませた子だった。

そんなに仲が良かった覚えはないが、顔には満面の笑みを浮かべている。

「聞いたわよ〜。薄田君と付き合っているんですって」

目を輝かせて興味津々の様子だ。

私はあえて視線を合わせずに、「ええ、そうよ」とだけ答えると、相手はなれなれしく体を寄せてきて肘で小突いた。「それで、どうなの？」

「どうなの」って言われてもね。私は顔をしかめそうになるのをかろうじてこらえ、ウーロン茶に口をつけた。なんてつまらないことを聞くのだろう。答えるのもばかばかしいくらい。なんて答えれば彼女満足するかしら。

私が黙っていると焦れったそうに体を揺らした。

「薄田君とこれからもずっと付き合っていくつもりなの？」

「ええ、そうよ。そのつもり」

いいわ、そんなに聞きたいのなら。あなたの知りたいこと全部話してあげましょう。

薄田君とは友達を介して付き合うようになった。彼とは毎週デートしているし、頻繁に電話もしている。二人とも、結婚を前提として交際している。

最後に「私、今とっても幸せよ」と言ったら彼女はキャッと声を上げ、笑いをこらえるように口元を押さえ走り去った。

私は一人残されて、何だかバカにされたみたいな嫌な気分になった。

礼子と亜希が来ていないか会場を歩いて探していたら、ひろ子さんが数人の女友達と固まって話しているのが見えた。

　彼女と最後に電話で話したのが半年前で、薄田君と付き合うようになってからはお互い気まずくなって連絡を取っていない。じっと見ていると、彼女は私に気づいて会釈した。私のことを全く無視するというわけではなさそうだ。彼女らしい控えめな承認の仕方だと思った。

「久しぶりね。元気だった？」

　私は彼女たちのグループに歩み寄り、差しさわりのない挨拶をして会話に加わった。ひろ子さんは薄田君のことには一切触れない。彼女がすました顔で何もなかったように話しているのを見ると、だんだん苛立ってきた。

　彼女には念のため、釘を刺しておかなければならない。

「ひろ子さんは薄田君の誘いを断っていたんでしょ。自分の気持ちをちゃんと伝えてなかったからいけなかったのよ。私が薄田君と付き合うようになってから取り戻そうとしても、もう遅いんだから」

　その場にいた人たちは皆、はっとして黙ってしまった。すごい早さでお互い目配せしあっている。

　ひろ子さんが口を開いた。

「瞳ちゃんは今、薄田君と付き合っているんでしょ。私はただの知り合いだから、別に取り戻そうなんて思っていないわ」

まるで暗記したセリフを棒読みしているようだ。

「ねぇ。瞳ちゃん。元気になったら私たちとも遊ぼうよ」

他の子がすかさずフォローした。そして皆で笑い合った。こうして、ひろ子さんとの仲は曖昧なまま復活した。復活と言えるのかどうか……。

ひろ子さんのこと、私は穏やかで優しい人だとずっと思っていたが、ちょっと違うことが分かった。

彼女、薄いのだ。感情表現が薄い。いつもはっきりしない中途半端な人。あやふやな態度で相手を不安にさせ、人間関係を混乱させる。

これがひろ子さんだ。

セピア色の部屋

ある日の朝、いつものように浅い眠りの中を漂っていた時、誰かが私の近くにいるのを感じた。

意識はあるが、目が開けられない。動かせるのは手足の指先だけ。

薄い霧のようなヴェールが、私に覆いかぶさったのが分かった。

ふーっとまるでため息のような長い冷たい息が、顔から胸元のあたりまで吹きかけられた。

はっと目が覚めた。いったい今のは何だったんだろう？　夢ではないようなリアルさだった。目は閉じていたけど確かに影の気配を感じた。

布団の中でいつものように少しずつ手足を動かしていたら、突然背中に鋭い痛みが走った。眠気が一気に吹き飛んでしまうようなしたたかな痛さだ。起き上がるどころか、体の向きを変えるのもままならない。最近は関節のこわばりがなかったので安心していたのに。

体を反転させ腕をつっぱって何度も起き上がろうとしたが、そのたびに背中に鋭い痛みが襲った。私は力尽きてベッドにどさっと倒れてしまう。

まるで邪悪な霊が取り憑いて、私の体を上から押さえつけているのではないかと思うほどだ。額や首筋に汗がにじんできた。どうしようもなく情けなくなった。ベッドに横たわったまままため息をついた。

そのとき、部屋のドアを叩く音がした。

「瞳、どうしたの。まだ寝ているの」

お母さんの声だった。いつまでも起きてこない私を心配して様子を見に来たのだろう。

「具合悪くなったんじゃないの」

「お母さん。入らないで」私は声を絞り出して言った。「ちょっと疲れただけよ。もう少し寝ているとよくなるから……大丈夫、心配しないで」

「でも」お母さんは私の様子を一目見たいらしく、ドアの前でためらっている。

「お願い。もう少し寝させて」私は頭から布団をかぶって中にもぐりこんだ。

私はもう二十四歳の立派な大人だ。いつまでも子どもではない。この歳になってお母さんに甘えるなんて恥ずかしい。

「そう、分かったわ。じゃ、また後で来てみる」

お母さんが階段を去っていく足音を聞きながら、なぜかほっとした。涙が出てきた。布団に包まれて安らかな気持ちになった。

ごめんね。こんな私で。病気をしてばかりの私で。自分でもどうしたらいいか分からないの。友達のおかげで少しずつ外に出られるようになったのに、順調に回復してきたと思っていたのに、私はまた一日中ぐずぐず寝てばかりのつまらない私に、逆戻りしてしまいそう。

どうして自分だけがこんな目に遭うのだろう。どうして—。うつらうつらしながら、不安、焦り、苛立ちが目まぐるしく頭の中をかけめぐる。頭が痛い……熱も出てきた……何度も寝返りを打ち、そして眠りに引きずりこまれる。

声が聞こえる、誰かの声が遠くで、近くで。

お母さんがベッドの側にいて私の名前を呼んでいるのを、浅い意識の中でぼんやりと聞いていた。


目を覚ましたのは夕暮れ時だった。

私はベッドに横たわって天井を見上げていた。額にふれると熱は下がっていたが、生え際は汗で湿っていた。

家の中はひっそりと音もなく、誰もいないかのように静まりかえっている。

ここは本当に私の部屋なの？　室内は残照で古い写真のような黄色がかった灰色に染まり、見慣れた自分の家とは違う別の家のようだった。私は見知らぬ家に連れてこられた小さな子どものような心細い気分になった。しばらくその思いに浸った。

今まで寝ていた小さい子。それは何て心休まる空想だったことだろう。索漠《さくばく》とした気持ちの中にわずかな光がともった。私はずっと寝ていて、今、目が覚めたばかりの幼い子どもだ。

まだ何も始まっていない。今までのことは全部夢だった。

いろんなことが起きて長い間に感じたけれど、本当は本のページをめくるように短い間に見た夢だったのだ。

どこからが夢だったのだろう。病気になって苦しい思いをしたこと。誰にも会わず、ずっと家にひきこもっていたこと。大学受験に失敗して周りの友達と大きく隔たりができてしまったこと。あんなことや、こんなこと。全て寝ている間に見た夢だった。目が覚めた今、私はいったいいつに戻っているのだろう。小学生それとも中学生？　あの頃は楽しかった。今が自分の最良のときだと自覚していた。そこからもう一度失敗のないようにやり直せたらどんなにいいだろう。やり直せたら……どんなにか……。

でもそれこそが夢、はかない夢なのだ。

現実は容赦なく厳しい。どんな力を使っても少しも変えられない。

口の中がカラカラに渇いて、お腹もひどく空いている。今日は一日何も飲み食いしていないことに気づいた。

私は体を起こしベッドから降りると、力のない足どりでドアまで歩いた。ドアを開けると廊下に透き通った青い影が充ちていた。明かりをつけなくてもかろうじて自分の足元は確認できる。まるで大きなプールの底を歩いていくようだ。

いつもより廊下が長く延びたように感じて足がすくんだ。私は暖かい光のにじんでいる方へと歩いた。お父さんとお母さんが食事をしているダイニングが、そこだけがぽうっと明るく見える。

二人は私に気がつき驚いたような顔をした。

「瞳。やっと起きてきたのね。もうよくなったの？」

「今何時だと思っているんだ。遅すぎるぞ」

お父さんは深刻にならないように冗談っぽくふざけて言った。

私は耳の調子も悪いのだろうか。二人の声はくぐもっていて聞こえにくい。周波数の合わないラジオみたいに遠くに聞こえる。

頭を二、三度横に振った。

私がしゃべる気力もなく椅子に座りこんだので、お母さんは苦笑いした。

「食欲はあるの？　何か食べる？」

「うん、いいの。自分でするわ」

私は立ち上がり、花柄の電気ポットからピーターラビットのマグカップにお湯を注いだ。しばらくそれで手を温め飲みごろにさました後、少しずつ口に含んだ。

自分の体が自分のものではないような、頭と体が切り離されたような感覚は残ってはいたが、喉をうるおすお湯の温かさで少しずつ違和感は溶けていき、耳の感覚も徐々によみがえってきた。

「今日はご飯食べないと思っていたから、瞳の分作っていなかったわ」とお母さんは言いながらも、「何がいいかしら」と残りご飯で雑炊を作ってくれた。卵を落としてネギや刻みのりを散らした簡単なものだ。それと、リンゴをすりおろしてレモン汁を絞ってくれた。

お腹が満たされると人心地ついて私は壁にかかった時計を見上げた。

八時。

薄田君が電話をかけてくるのは、だいたい八時過ぎだ。三日に一度の割合でかかってくる。正直言って彼の長話にはどうでもいいものが多くうんざりすることもあるが、今日かかってきたらうれしい。

自分からかける気力はないけれど、かかってきたら話の相槌を打つぐらいのことはできる。こんな日にかけてきてくれたらいいのに。

九時まで起きて待っていたが、電話はかかってこなかった。

まあ、いい。明日はきっとよくなっている。

しばらく飲んでいなかった漢方薬を久しぶりに飲んだ。良薬だと勧められたが、苦いのが嫌いだったのと、体調がよかったので最近は飲んでいなかった。水を多く口に含み舌で転がすと口の中いっぱいに、苦みとほんのりとした甘みが広がった。

橙色の灯りの下で、中学生のときに暗唱した北原白秋の「思ひ出」の序詩の一節「醫師の藥のなつかしい晩」を思い出した。

「ねぇ。薄田君に電話かけてみたら?」とお母さんが言ったが私は憂鬱だった。彼の機嫌の悪さが想像できたからだ。

薄田君からの電話をお母さん越しに何回断ったのか分からなかった。具合が悪くなった二日後の土曜日の朝も起き上がれなかった。

毎週、週末は彼とのデートの日だが、約束の時間になっても私が現れないので薄田君から電話がかかってきたようだった。「ようだった」と言うのは、私はうつらうつらしていて、お母さんが断っていた気配があったからだ。その日も一日中眠り続けた。

次の週もずっとうとうとしていて、起きては眠り、起きては眠りの繰り返しだった。

ようやく起き上がることができたのは週の後半だ。私はまるまる一週間臥せっていたわけだ。

早春の暖かい土曜日、居間で両親とソファに座りゆっくりとくつろいでいた。庭に面した窓を開けていると沈丁花の甘い匂いが漂ってくる。

お母さんは家事を少しずつやりながら合間にテレビを見ているが、お父さんが図書館から借りてきた本を読んでいるので、テレビは小さい音に絞っている。

私は、お母さんが甘いだし汁で煮込んだ翡翠《ひすい》豆を食べていた。有田焼の紺の器に映えて美しい。

今だったら具合がいいから、こちらからかけた方がいいかもしれないと思っていると、ちょうど彼から電話がかかってきた。

「久しぶりだね」

彼の第一声を聞いてどきっとした。

「大丈夫だった？　お母さんからは具合悪いって聞いたけど」

何の感情もこもっていない低い声に、私は言葉に詰まり「うん」としか返事できなかった。しばらくはお互い相手の出方を探るような沈黙が続いた。

「何度も電話したんだけど、返事くれなかったよね」

彼の口調、声色には私へのいたわり、気づかいではなく、猜疑心がにじんでいる。「連絡ができないほどの酷い状態ではなかったのか」と私の身を案じることより、自分が放っておかれたことへの苛立ちの方が勝って、どうにも我慢できないようだった。

「自分でもどうしてだかわからないの。薄田君とあちこち出歩くようになってからずっと調子がよかったんだけど、急に動き出したから、今までの疲れがたまっていたのかもしれないわ。気づかないうちに無理していたのかもしれない」

私は消え入るような声で言い訳を繰り返した。どうして自分が謝らないといけないのかと思いながら、何度も謝った。

「大変だったね」ようやく彼の声が和らいだ。「それはしょうがないよね。病気って一進一退だから気をつけないと。でもそうやって少しずつ治していこう」

彼が機嫌を直したので、私はほっとひと安心した。

「ところで昨日会社であったことなんだけどさー」

それから先は自分の身に起こった出来事や、人のうわさ話、テレビの話題、アイドルの話が延々と続く。私にとっては興味のない話で、ずっと聞いているのも辛いので、受話器を耳から遠ざけた。なんならスピーカー状態で、台の上にゴロンと置いてしまうこともある。

　実は最近これが習慣になった。私が聞いていなくても、途中で適当に相槌を打てば、彼は気がつかず、一方的にずっと話し続けることが分かったからだ。

　受話器を離して台の上に置いていると、薄田君の甲高い声が受話器の中から聞こえてきて、まるで小さい薄田君が中に入っているようで可愛いと思った。私がテレビに見入ったり、新聞を手に取って眺めたりしても、薄田君は全く気がつかない。自動再生されるカセットテープのようにお構いなしにしゃべり続ける。だんだん退屈してきた。私があくびをかみ殺し、受話器に手を伸ばした時のことだ。

「今度の土曜日は来られるかな？」


土曜日、私は朝の九時に、いつもの待ち合わせ場所に向かった。

三月上旬とはいえ、午前中はまだ寒い。休日の住宅街はひっそりと静かで、昼間はにぎわう公園にも人の姿はない。

私は街路樹が長く伸びている道を歩きながら、憂欝な思いだった。

本音を言うと彼の誘いを断りたかった。体調だってまだ万全とはいえない。でも彼の口調には有無を言わせない強さがあって、断ると彼の機嫌が悪くなるのが分かっていた。

今まで私が床に臥せっていたのも、何もせず寛《くつろ》いでいたのも、きっと怠け病なんだ。薄田君に会ったら元気になるのかもしれない。私は自分にそう言い聞かせて家を出た。

公園の角を曲がると彼の車が見えた。彼は車の横に立ち私の姿を見つけると軽く右手を挙げてあいさつした。顔つきは寒さのためか引き締まっている。

「久しぶり。元気になってよかったね」

「うん」

私は軽くうなずいたが「なんだか今の言い方、口先だけみたい」という思いが一瞬頭をかすめた。いけない。いけない。欠点だけがどんどん目についてくる。なんでも悪い方向に受け取ってしまう。

彼の車に乗り込みシートベルトを締め、いざ出発となった時、「あのね、私はね」と言いかけて言葉を呑み込んだ。彼の横顔からうきうきした様子が伝わってきたからだ。

薄田君は時間を目いっぱい使った遠出が大好きなのだ。特に今日は長いこと私と会っていなかったので、できるだけあちこち見て回りたいと楽しみにしているに違いない。

でも今日はとてもそんなデートには付き合えそうにない。途中で具合が悪くなったら早く帰りたいし、すぐにでも引き返せる距離にいたい。このことを言わずに済むのならどんなにいいか。でも薄田君が気分を害しても、雰囲気が険悪になっても、絶対に伝えないといけない。


「そうか。分かった」

薄田君は前を向いたまま、ぽつんと言った。

「さあて、どうしよう。どこに行こうかな」ハンドルを両手で抱え込み、その上に顎をのせて一人でぶつぶつとつぶやいた。期待でパンパンに膨らんでいた風船が一気にしぼんだようだった。こういう時、彼は急な方向転換が得意ではない。行きたいところの選択肢はいろいろあるけれど、私の具合が悪くなった時の選択肢は持っていないようだ。

「ああ、そうだ。いいところがある」彼は指をパチンと鳴らした。「この近くに新しくできたカフェがあるんだ。とりあえずそこに行ってみよう。それからどうするか考えようか」

「今の時間に開いているの？」

「モーニングをやっているよ」

彼が連れて行ってくれたのは、近くの神社の参道沿いに立つ欧風のカフェだった。

私たちは子どものころから、神社といえばここだった。市内最古の風格ある立派な神社で、一キロにも及ぶ長さの参道の両側には、年を経たケヤキと石灯篭が並んでいる。新年のお参りも毎年すごい人出だが、こんなところに店があったなんて知らなかった。さすが早耳の薄田君だ。情報収集には抜かりがないと私は感心した。

ヨーロッパの街角で見かけるようなテラス席があるオープンカフェだった。道路に面した大きなガラス張りの窓からは柔らかい日差しが入ってくる。西洋風の室内にいながら、お正月やお祭り、式典、行事のときには着物姿で歩く人がこの窓から眺められるのだ。

室内のカウンター席、テーブル席はほぼ埋まっていたので、私たちは外のテラス席に出た。

二人掛け用の席は、ガラスの丸テーブルとアイアンの椅子で、太っている薄田君と体のあちこちが痛い私にとっては座り心地はあまりよくないものだった。

薄田君は大きな体を窮屈そうに丸め、小さなテーブルに片肘ついて面白くなさそうな表情をしている。彼が考えごとをしている時は頬杖をつく癖があるが、私は見るたびに「行儀よくないな、だらしないな。両親はどういう躾《しつけ》をしてきたんだろう」と思う。

給仕係がメニューとコップ二杯の水を持ってきて、小さいテーブルの上に置いた。薄田君はついていた肘を上げた。

「ご注文が決まりましたらお呼びください」給仕係はうやうやしく言って去った。

「さて何を頼もうか」彼がもう一度、肘をどんとテーブルの上にのせた瞬間、あっという間もなかった。

ガラスのテーブルの天板は固定してなくて、支えの上に置いてあるだけの簡易的なものだったのだ。

はずみでテーブルの天板は傾き、また元に戻った。メニューとコップ二つは宙に浮いた。私も彼も驚きの叫び声をあげた。それから先のシーンは、スローモーションのように一コマ一コマ目に映った。メニューは下に滑り落ち、私はかろうじて一つのコップをつかみ、もう一つは奇跡的に天板の上で倒れ、水がこぼれただけで済んだ。コップが割れることはなかったがテーブルも床もびしょびしょになった。

彼はうまい具合に避けて水がかかることはなかった。首の後ろをかいて「ごめん、ごめん」と言っているけれど何もしないで突っ立ったままだ。私がコップを元に戻し落ちたメニューを拾い上げ、飛んできた給仕係に謝った。

その日は二人とも気分が白けてしまって、いつもほど話は盛り上がらなかった。ショッピングセンターに寄ってぶらぶらしたが、早めに切り上げて帰った。

このとき以来、薄田君は私に怒りっぽくなっていった。

以前は「いいよ、これから頑張ろう」と前向きな言い方をしていたのが、過去にさかのぼって「あのときもこうだったよな」とか「だからお前はだめなんだ」と蒸し返すようになった。今まで言いたいことを遠慮して黙っていたのが、堰《せき》を切ってあふれ出したかのようだ。

特に私の就職活動については辛辣だった。薄田君との結婚話が出ているなか、彼は私に「パートでいいから働いてほしい」と言っている。

それは私だって分かる。彼は高給取りではないし、私の病気の治療費もかかる。専業主婦になるほどのゆとりはないからだ。私は大学卒業後、栄養士として半年ほど働いていたが、体調不良で辞めている。その後二年半、家に引きこもって仕事はしていない。ブランクが長いほど次の就職には不利になる。

ハローワークで短時間でも働けるような仕事を探して、やっと面接というところまでこぎつけた。

当日、その会社に行くために、私はバス停までは行ったが、どうしてもバスに乗れなかった。いざとなると、いろんなことが頭をよぎって、足がすくんで乗れなかったのだ。面接は流れてしまった。

そのことを知ると、彼は「何で行かなかったんだ」と怒鳴った。「本気で仕事する気あるのか」そしてひとしきり説教をした。

それでも二人のデートは続けていた。平日に電話をかけ、週末に会う。その作業の繰り返し。薄田君も私も一度始めたら止められないプロジェクトの遂行中だ。

何のために？

ひろ子さんや彼の友達に見得を切ったせいで、今さら引っ込みがつかなくなったから。

「やっぱり二人別れちゃったね。お互いのこと理解していなかったんじゃない？」

「そら見たことか。不釣り合いなんだよ」と言われるのが嫌だから。

それもあるだろう。

薄田君は自分の友達を出しにして、私はひろ子さんと疎遠になってまで手に入れた関係だから、そんなに簡単にやめられるわけない。

薄田君は週に二、三回電話してきて、相変わらずつまらない長話をする。雑学の披露や、オタク談義、人のうわさ話。そして私はうんざりした時、聞いているふりをしてやり過ごす。それが「彼女」としての優しさというものだ。皆そうやってだましだましお付き合いを続けているのだ。相手の欠点が見える時もある。もうやめようかと思う時もある。でもそれを乗り越えてこそ、積み重ねた日々がお互いの本物の絆になるんだから。

こんなこともあった。

薄田君と二人で陶器市に行った時のことだ。ぶらぶらと通りを歩いていたら、ある露店で一つのものに目がとまった。

魚の形をした陶器。

これとよく似たものが輸入雑貨店「ローズマリー」にあったのを思い出した。確か「水たばこ」を吸うための容器と言っていたっけ。

思わず手を伸ばして取ろうとしたら、ちょっとした不注意で、陶器は私の手をするりと逃れ下に落ち、鋭いパリッという音を立てて割れてしまった。

薄田君は、ほぼ同時にはじかれたように私から離れた。

「あ〜あ、やっちまった」と捨て台詞を残し、どんどん遠のいていった。

私はあっけにとられた。

ぎこちなく屈みこんで破片を拾い集めていると、店のお姉さんがやってきて「いいですよ、私が片づけますから」と優しく言って手伝ってくれた。

薄田君は少し離れた物陰からこちらの様子を窺っている。

自分では見えていないと思っているようだが、大きい体はこっちからは丸見えだ。

どんなにじょうずにかくれても　かわいいしっぽがみえてるよ
（かわいくない！）

「あの人、あなたと一緒に来た人ですよね」

薄田君の方を見て店のお姉さんが言った。

「どうしてあんなところにいるんでしょう。隠れているみたいじゃないですか」

「さあ、どうだか分かりません」

私はもうあきらめ気分で、どうでもよかった。

魚の陶器には二〇〇〇円の値札が付いていた。

「お代はいらないですよ。これ本当は譲ってもらったものなので」とお姉さんは言ったが、私は気持ちばかりのお金を払った。

薄田君は私が店を出ると、戻ってきて黙って私のあとをついて来た。私が無視していると、話しかけるタイミングを決めかねて、しばらく私の周りをうろうろしていた。

このまま薄田君と付き合っていいのだろうか。

私はひとり自分の部屋で、机の上の厄除人形に問いかけてみた。この人形がすべての始まりだったから。

薄田君の嫌なところ、今までは見て見ぬふりをしてきたが、今度こそ本当に考え直さなければと思った。彼の打算的なところ、薄情さが身に染みて分かった。

薄田君はあのとき、面倒なことから逃げた。弁償しなければならなくなった時にそばにいたくなかったのだ。絶対に関わりたくなかったのだ。

もうあんな人とつきあうのは無理かもしれない。

「ローズマリー」再び

私は無性に「ローズマリー」に行きたくなった。最初に行って厄除人形を買って以来、一度も行っていない。あの女店主に会いたくなった。何かのヒントがもらえるかもしれないし、気持ちが吹っ切れるかもしれない。わずかばかりの救いを求めて一年ぶりに行ったその店だったが、閉まっていた。ガラス窓には「輸入雑貨店」の文字が残っており、玄関には「ローズマリー」の看板も出ているが、中には何も残っていない。ガランとしている。一切合切引き払ったあとだった。

その日は風の強い日で、よりいっそう荒涼とした風景に映った。

この様子から見ると閉めたのは最近ではなさそうだ。私が行った時にはすでに閉める意思を固めていたのだろうか。あの女店主はそんな素振りは見せてなかったのに。

あたりをうろうろして、いろんな方向から店内を覗いた。そうすれば何か手がかりがつかめるかと思ったが、何も分からなかった。隣の居酒屋は、相変わらず営業している。「ローズマリー」は華やかな魔法がかけられた店だった。心ときめく店だったのに、物の置いていない店内はこんなにも空ろで寂しいものなのか。

私はしばらく諦めきれずにその場に立ちすくんでいた。

あの女店主はどこに行ったのだろう。

本当に店はあったのだろうか。

いや、私は厄除人形を持っている。

確かに店があった証しである厄除人形は、今でも私の手元にある。

＊　＊

瞳が薄田と付き合いだしてから当然の成り行きというか、瞳と私は徐々に疎遠になっていった。

正月の同窓会のあと、参加した人たちの間で、二人のことはかなり話題になった。面白おかしい話の種と言った方がいいかもしれない。私とK子とS子が三人で集まった時も、その話題になった。私たち三人は薄田の共通の友達、というか知り合いだった。

薄田が去年の六月に「五、六人で集まろうよ」と飲み会を口実にして、私に瞳を誘い出させた時、呼び出されるはずのメンバーだった。もちろん薄田は最初から誰にも連絡するつもりはなく自分一人でやってきた。

私たちは、薄田に一方的にまとわりつかれていた者同士だから、薄田の悪口を言ってもいい権利がある。

「でも、なんでよりによってあんな薄田なんかと」とS子。

「瞳は病気のことで悲観的になっているの。もう誰も相手にしてくれないんじゃないかと自己評価が低くなっている。彼女なりに考えて結論を出したのよ」と私が言うと、

「そんなのばかげている。瞳だよ。あの石井瞳だよ」とS子は憤慨した。

そう。彼女の輝かしい過去を知っている人ならば誰でもそう思うだろう。瞳だったらもう少し待っていれば他にもっとふさわしい相手が現れたと思う。急いで薄田で手を打つことはなかったのだ。それが分かっているからこそ薄田はうまく立ち回った。

「あいつが私から離れてくれたのはいいけれど、なんだかすごく腹が立つ」と私がこぼすと、

「そうよね。私たちみんな被害者だけれど、ひろ子さんが一番ひどい目に遭っているわよね」

「私は瞳には黙っていようと思ったの。もちろんこれからも黙っているわ。瞳が幸せだったらいいかな」

とK子が言ったが、私たちは皆同じ思いだ。薄田が私たち皆に同じように粉かけていた

ことを瞳に告げ口するつもりなんてない。

でも薄田側の男友達、彼らはいったいどう思っているのだろう。中には「瞳ちゃんと結婚したい」と言っていたファンだっているのに。

利用されたのは悔しいけれど、自分の腹に収めているのか、それとも面変わりした彼女にはもう興味がなくなったのか、現実的に、病気がちの彼女はお嫁さん候補としては不適格だと思ったのか、そこのところは分からない。

「でも薄田君にとってもよかったんじゃないかな」とK子がしみじみ言った。

「今まで彼の周りには私たちみたいに強い子しかいなかったでしょ。瞳ちゃんみたいな優しい子と付き合って初めて安らぎを感じているんじゃない」

「ちょっと待って」と私は言った。「瞳が優しいのは分かるけれど、そんなに私たちって強いかしら」

「まあね。ひろ子さん、彼に対してはけっこう言いたいことずけずけ言っているわよ」

そうかしら。確かに本人の前では言わないけれど、こうやって話すときには「薄田」と呼び捨てにするし、何を言ってもいいみたいな雰囲気はあったけれど、K子もS子も大人なんだ。

「瞳は素直だから、だんだん彼の色に染まっていくんだね」

このように、どちらかというと友達の間では「二人のことは温かく見守ろう」と同情的な意見が多かった。

瞳と薄田が付き合い出した頃は、二人だけで週末を過ごしていたようだったので、声をかけることもなかったが、徐々に彼らは友達グループの集まりにも参加するようになった。私はそれでも二人に会う機会はなるべく避けていた。

その頃からだ。二人の言動に眉をひそめる人が多くなってきたのは。

二人は友達の前でも平気でイチャイチャするのだという。

「この前なんて猫の真似をして甘えていたのよ」とS子。

薄田が瞳の顎の下をくすぐると、瞳が目を細めて「にゃ〜ん。にゃ〜ん」と言うらしい。

私は聞いて笑ってしまったが、K子もうんざりした顔で言った。

「以前の瞳だったら絶対言わないようなことを言うようになったわね」

「それ、どういうこと？　何を言ったの？」

「ちょっと私の口から言えないようなことよ。というか言いたくもないレベル。下ネタとか放送禁止用語の類い。彼女もおかしくなったものね」

私は驚いた。あの純朴な瞳が下ネタを言うなんて。

「そりゃおかしくもなるわよ。一日中、家に閉じこもっているんだから」とS子が冷ややかに言った。

彼女のことを評するトーンが同情的なものから少しずつ変わってきた。

「あの二人って意外と似た者同士かもしれないわね」とまで言うようになっていた。


「瞳が電話出ないんだよ」

ある晩、薄田から突然電話がかかってきた。

すごくせっぱつまった様子だ。

二人が付き合うようになって薄田から電話がかかってくることはなかったので、何事かと思った。

「瞳がずっと寝ているんだ」

寝ているだけじゃ意味が分からない。

「何、どうしたの？」

「ずっと具合悪くって寝ているんだって。お母さんがそう言った」

「ふーん。そうなの」

別に珍しいことではない。

私が瞳と仲良くしていた頃も、何度か熱を出したり体調不良になったりしたと、電話口でお母さんに説明されたことはある。

「そんなに心配ならば、お見舞いに行ってみれば？」

「いいや。安静にしていたらよくなるから、そっとしておいてって」

どうやら自宅に行って直接面会することはまだ許されていないようだ。

それでやきもきしているのだろう。

「しょうがないわね。二、三日してからまた電話かけてみたら？」

「したんだよ。何回もかけている。もう一週間たっているんだ」

うーん。私にそれを言われてもね。

冷たい言い方かもしれないけど、今の私には関係ないんだもの。

「じゃ、もう用がないのなら電話切るわね」

「ちょっと待って。瞳がずっと寝ているんだ」と薄田はまた繰り返し言った。

だからどうしたっていうの。

「瞳がずっと寝ているんだよ」

「もうその話聞いたわよ。何回同じこと言えば気が済むの」

「コンサートのチケットが二枚あるんだ」

薄田はおそるおそる小さな声で切り出した。

私は息を呑んだ。こちらが本論だったのだ。

そのアーティストの名前を聞いて私は一瞬心が揺らいだ。なかなか手に入らないチケットで、私は最初からあきらめていた。

薄田はどうにかして手に入れ、瞳にサプライズプレゼントして、一緒に行くつもりだったのだろう。

「そのコンサートは明日あるんだよ」

どうやらチケット代もむだになることだし、薄田は一人では行きたくないようだ。

「瞳と行くつもりで買ったんでしょ」

「だから言ったじゃないか。瞳はずっと寝ているって」

私が黙っていると、

「瞳はひろ子さんとだったら一緒に行っていいって言ったよ」

そんなこと瞳が言うわけない。

「私、明日は用事あるから」と言って電話を切った。

「アナザーカントリー」へ

薄田君とこれからも付き合っていくべきか。別れる潮時なんじゃないかなと思いながらも、今の私には彼のことを相談できる女友達もいない。

彼から電話がかかってきて、饒舌にしゃべられたらまた付き合ってしまう。

彼が「行こうよ」と誘ってきたのは、最近、巷《ちまた》ではやっている外国人バーの「アナザーカントリー」だった。

私もタウン情報誌で紹介している記事を見て興味を持っていた。

アメリカ人のマスターは、元々ツアーガイドで日本語が流暢でおもてなし上手と評判の人物だ。「日本人と外国人の交流の場にしたい」と語っていた。小さい写真だったが、そのマスターがすごいハンサムなのは見て分かった。

場所は、歓楽街の一画にある雑居ビルの最上階だ。

エレベーターで上がると広いホールがあって、いくつかのドアが並んでいるが、そのうちの一つが「アナザーカントリー」だ。

扉を押し開けて中に入ると、そこは華やかな別世界だった。

いろんな外国語が飛び交い、陽気な笑い声、大勢の人の熱気に満ちていた。カウンターが四席空いているのが見えた。

短髪で目が細い日本人のウェイターが対応に来たが、私たちが「二人だ」と告げると、ちらっと一瞥したあと不愛想に「今、空いていません」と断った。

「えっ。どうして」と思ったが、薄田君は私を促して店を出た。

私は歩きながら「ねぇ。でも席空いていたわよね」と言ったが、

「だめなんだよ」と薄田君は言った。

「店が嫌がるんだ。二人入れたら、次に三、四人の客が来た時、入れられなくて店は損するだろう」と訳知り顔で言う。

「ふーん、そういうものなの」と理屈は分かったが納得できなかった。

あの店、サービス精神ないなと思った。

「ちょっとその辺歩いてこようか」

薄田君は「アナザーカントリー」にどうしても入りたいらしい。

席が空くまで時間つぶしするつもりのようだが、私は夜風が冷たくてしょうがなかった。

三十分ほどして店に戻ると、今度は入ることができた。

店内は誰もが知り合いのように和気あいあいとして、陽気な雰囲気に満ちていた。

私たちはムードに圧倒され、自分たちが場違いのようで、カウンターで二人身を固くしていた。

カウンターの中には写真で見たハンサムなマスターがいて、数人の客と談笑していた。私は酎ハイをオーダーしたが、寒い外から熱気のある店内へ移動したためか、一気にアルコールが体中に回った。

二杯目に「ウーロン茶」を頼んだら、先ほどの無愛想なウェイターは、目を丸くして冷やかすように「フュー」と口笛を吹いた。

この店感じ悪い。ウーロン茶だってお酒と変わらないぐらいの値段はする。ただの水を頼んだわけではないのに、いったい何が不満なのだろう。私は気分が悪くなって吐きそうになってきた。


「なんだか眠たくなっちゃった」

私は酎ハイを一杯飲んだだけでアルコールが回ってしまい、気持ち悪くなった。トイレに行って一度吐いたが、まだすっきりせず、戻ってきてカウンターで突っ伏していたら、頭上で「ねえ、この人大丈夫なの?」と声がした。

薄田君に話しかけているのだろうか。心配しているというよりは迷惑そうな言い方だ。

私がふっと顔を上げたら、険悪な目に出合った。あのニコニコしたマスターとはまるで別人のような顔だった。

「酔っぱらうには早いんじゃないの。うちはトークを楽しむ店なんだからさ」

そう言われてもねぇ。酔っぱらっちゃったものはしょうがない。しょうがないよ。私のせいじゃない。

「もう出ようか」と薄田君がせっかちに促した。

私はふらふらしながら椅子から立ち上がった。

そのとき、急に胃からこみあげてきて、我慢できずに、わずかだけどカウンターに吐き戻してしまった。

「オー・ノー！」とマスターの叫び声。

マスターとウェイターは鬼のような形相でかんかんに怒った。

他の従業員がテーブル上の吐しゃ物を処理して消毒している。

「早く出て行って！」

薄田君は慌てて会計を済ませた。

私はめまいで頭がふらついていたが、人のささやくような話し声だけは、はっきりと聞こえてきた。

「今日はマスターえらく機嫌悪いね」

「何があんなに気に障ったんだろう」

「女の子相手にあそこまで言わなくてもいいのにね」

私たちは追い立てられて店を出た。

マスターとウェイターは私たちの後からホールに出てきた。

「何てことしてくれたんだ。よくも台無しにしたな」

マスターが大声で怒鳴っているが、私には何のことだかさっぱり分からない。

何でそんなに怒っているのだろう。私に怒っているの？　私が何かしたかしら。

今まで私に怒る人なんていなかった。みんな私の周りで嬉しそうだった。

真剣に怒った赤い顔が私に近づいてきて、私の襟首をぐいっとつかんだ。

「うちは酔っ払いが来る店じゃないんだよ」

襟首をつかんだ手に力が入り、私は大きな外国人の男に軽々と持ち上げられた。

私の足が宙に浮いた。

その瞬間、私ははっと目が覚めた。

私は自分自身の体を離れ、高いところから全体を俯瞰していた。

私の抜け殻となった体は抵抗もできず持ち上げられている。

薄田君は広いホールの片隅で縮こまっている。

自分より大きい男に手も足も出せず、どうしたらいいか分からず、目をきょろきょろさせているだけだ。

この前の陶器市のときと同じだ。

私がうっかり陶器を割ってしまった時、関わり合いにならないように素早く逃げたあのときと。

私を助けることなく、まるで他人のように傍観しているだけ。

外国人のマスターは理解できない汚い言葉を吐き、私を床にどさっと落とした。酔っていたせいか痛みはあまり感じなかったが。

このあと、どうやって家まで帰ったか覚えていない。全く記憶がないのだ。

ただ私一人でエレベーターに乗り、タクシーを呼び、家までたどり着いたのは間違いない。私一人で。薄田君は何もしなかった。

夜の遅い時間に、私が帰って来た姿を見てお父さんとお母さんは驚いた。

私の様子が尋常じゃなかったからだ。

とてもくたびれた様子で、呆けたようにして。

私は混乱していて、どう話していいのか整理がつかなかったので、何も話さなかった。話したくもなかった。私の身に何が起こったのかを知ったら両親は悲しむだろう。あまりにも惨めすぎる。


私は今、一人で部屋にいる。

次から次にとりとめのない考えが頭に浮かんでくる。

こんな時、思い出すのはとうの昔に別れたあの人、好きだったあの人、佐伯君のことだ。

高校時代は楽しい思い出ばかりだった。友達も大勢いた。皆が私に笑いかけてくれた。

なのに、なぜあの人は去っていったのだろう。恋人ならば一番そばにいて支えてくれると思っていたのに。慰めることも力づけることもなくあっさり行ってしまった。

なぜあのとき、私は何もかも失ってしまったのか。

涙が次から次にあふれてきた。

久しぶりだった。こんなに泣くのは彼と別れて以来のことだった。

はっと思いだした。

そうだ。そうだ。私にはあれがあったんだ。

私の人形。私を守ってくれるはずの人形。

机の片隅に置いている人形を手に取ると、少し見ない間になんだかボロボロになっている。まるで、もうずいぶん使い込んだように。裏返して見ると背中には穴が開いている。

手が震えてきて、胸がつまった。

可哀そうに、可哀そうに、こんな酷いことになって。私の人形、厄除人形。

そして可哀そうな、可哀そうな私。

あなたは私、私はあなた

家から北方向へ五〇〇メートルほど離れたところに、かつて魔女の住処のような心惹かれる雑貨店があった。「ローズマリー」という名前だった。

今はもう完全に引き払ったあとで、大きな窓から見える室内には何もなく、がらんとした殺風景な建物が残っているだけだ。

休みの日、何も予定がなく時間がぽっかり空いた日、天気がよかったら、私は家の近くのバイパス通りを気の向くままにぶらぶらと歩く。おいしいと評判のパン屋さんを訪ねたり、町の小さな本屋さんに立ち寄ったり、そこで買った本を近くの公園のベンチで読んだりと、行き当たりばったりの気ままな時間を楽しんでいる。

「ローズマリー」の店跡に差し掛かると、はっとして足が止まり、胸がつまりそうになる。

私は三十を超えたばかり、過去を振り返って感傷的になるほどの歳でもないのに、ずいぶん歳を取っていろんな経験をしてきたかのような、しみじみとした思いに包まれる。

石井瞳。

彼女のことを思い出すからだ。

彼女は高校一年のときのクラスメートだった。親友でもなかったし、友達と呼べるほどでもなかった。その次の段階の単なる顔見知りだった。

でもある日、彼女と話す機会が突然天から降ってきた。

たまたま帰る方向が同じだと分かったとき、瞳は「いっしょに帰ろう」と気さくに誘ってくれた。

見た目の可愛さももちろんだけれど、非の打ちどころがない性格のよさで、男子も女子もお近づきになりたいと思っている彼女だった。

見て、見てよ。私、石井瞳と二人で仲よさそうにしゃべっている。向こうはどう思っていたか知らないけれど、私は二人だけの時間をとても楽しんでいた。誇りに感じていたと言ってもいいかもしれない。

石井瞳がどんな子だったかって？

彼女は皆の妹だった。彼女の生まれ月が三月だと聞いた時、私は「やっぱりそうだったのね」と納得がいった。同級生の中でも遅くに生まれた子。彼女は皆に愛される末っ子だった。月並みな言い方になるけれど、可愛くて愛嬌があって人気者。学校の中でもひときわ目立っていた三人組のうちの一人だった。

それでいて、いい気になるようなところはなかった。それは周りに配慮してとか、意識して努めているというよりも、もともと驕《おご》ったところのない素直な性格だったからだと思う。

だから、いくら彼女が優遇されても「妬ましい」とか「気にくわない」というマイナスの感情は起こらなかったのだ。

ただ高校時代に付き合っていた彼氏の話についてはちょっと疑問に思った。

私もいっしょのクラスで二人の様子は目の当たりにしていたけど、彼女は佐伯君のことを「兄貴」と呼んで慕っていた。

「彼氏じゃないよ。兄貴だよ」

「私一人っ子だから兄貴欲しかったんだ」

「兄貴だからいろいろ相談に乗ってもらうし、いろいろ甘えてしまう」

「ねぇ、兄貴。クリスマス音楽祭に行きたいから連れて行って」なーんてね。

私はピンときた。私でなくたって誰だって分かるでしょ。彼女は佐伯君のこと好きなんだって。いろいろ理由をつけて一緒にいたいのだと思った。

それと同時に感心した。上手だなとも思った。いくら瞳でも、自分の親友の亜希さんのことを好きだと公言している佐伯君には、自分から好きだなんて言えない。

「兄貴」だなんて、見えすいた古典的な方法で近づいても、皆が「そうだよね。兄貴だからいいよね」と微笑ましく思うのは彼女ぐらいだ。全くカマトトにもほどがある。男女とも血気盛んな年ごろなのに、兄と妹の関係はないでしょう。

瞳はしたたかで、ちゃっかりしていると思うけど、私は彼女のことはどうしても悪く思えない。わずかな欠点を（欠点と言えるのかどうか）上回る魅力の方がいっぱいあるから。それにしてもと、また疑問に戻ってしまう。彼女だったらいくらでも自分を好いてくれる候補者が他に大勢いたのに、なぜ佐伯君じゃないといけなかったのか。わざわざ自分の親友のことを好きだと言っている男に近づくんだから、よほど好きだったのか。

それとも……。

私が知っていたのはそこまでで、二年に進級してクラス替えがあった後二人がどうなったのかは知らなかった。

再会した瞳の口から、佐伯君とずっと付き合っていたと聞いてびっくりした。数人の同級生にそれとなく話を聞いてみると、確かに二人は付き合っていたという。

クリスマス音楽祭に行くための間に合わせの相手だと思っていたから。いつのまにそんなことになったのか、不思議だなと思う。

実際モーションをかけていたのは瞳の方なんだけど、そんなことは誰もが忘れてしまって、いつのまにか佐伯君の方が熱心だったということにすり替わって、既成事実になってしまっている。怖いと思った。佐伯君もモテる人だったけど、人気においては彼女の方が上だったから。


瞳についてのエピソードというと、映画の試写会の件も思い出す。

私がまだ瞳と仲良くしていた頃、人気の話題作に、私はハガキを二通書いて応募した。自分の分と瞳の分。一人で行くのはつまらないし、二人で行こうと思っていた。その頃は応募すればたいてい当たっていたので、あまり深く考えず二人分当たると思っていた。

ところが当たったのは瞳だけだった。でも、優しい瞳のことだから私に譲ってくれると思っていた。ハガキを書いて出す労力を払ったのは私の方だから、きっと譲ってくれる。ところがそうではなかった。「当たったのは私だから。私の名前だから」と自分のものにした。

そのときに私は、彼女の性格の一端が分かった気がした。優しげに見えて一度つかんだものは絶対に離さない。風にゆらゆらとなびく柳のようにしていても握力が強い人。だからいざという時は決して譲らない。

ある日突然、瞳から久しぶりに電話がかかってきたのが始まりだった。

彼女のことは日々の忙しさの中で忘れていたし、向こうから電話をくれるなんて思いもしなかったのでびっくりしたが、とても嬉しくていろいろと話をした。

「私、今、体調があまり思わしくなくってずっと家にいるのよ」と彼女は言った。

「両親と一緒に暮らしているのよ。ひろ子さんはどうしているの？　毎日働いているの？」

「ええ」と私は答えた。「会社勤めなんだけどたいして代わり映えしない毎日だわ。つまらないものよ」

「ねえ、ローズマリーって店覚えている？」

「ローズマリー？　ああ、あのお店ね。思い出したわ。学校からの帰りに二人でよくのぞいたわね」

「ええ」

彼女は「ローズマリーに行ったのでひろ子さんに電話してみようと思ったの」と言った。

私もあの店のことは久しぶりに思い出し「行ってみるわ」と答えた。それは本当にそのつもりで、適当に言ったのではなかった。

実際に行ったのは、その電話から約一か月後。かつては何度も前を通った見覚えのある店で、「いつかは行こう」と気にかけながらずっと行かずじまいだった店だ。

訪れてみると、不思議なほど昔の佇まいと何も変わっていない。

石畳のステップを上がり、樫の木の扉を押すと、異国のお香の香りが漂ってきた。

西洋のアンティークからアジアの自然素材の服や布小物など、多種多様なものが置いてあって目を奪われた。

「いらっしゃい」奥から一人の女性が顔をのぞかせた。

白髪の浮いた艶のない長い髪を一つに束ね、黒いリネン素材のワンピースを着たやせ型の女性だ。

彼女がこの店の店主で、私たちがいつも窓越しに見ていた女性なのだろう。飾り気がなく化粧もしておらず、年齢は定かではない。若いと言えば若いし、もっと歳を取っていると言えばそうかもしれないが、顔立ちが端正なのは間違いない。

私は店内をぶらぶらと歩いていると、厄除人形が目に留まった。

「今、流行中のタイのブードゥー人形が入荷しました」とポップに書いてある。

オレンジや、ピンク、黄色、ブルー、いろんな色が揃っている。糸をぐるぐる巻いて作った頭でっかちの素朴な人形たちだ。

「これ面白いですね。効果あるんですか」

「おや、あなたも興味あるんですね。もちろん効果ありますとも。私がタイで買ってきたものです。持つ人の幸せを願いながら現地の人がひとつひとつ手作りしたものですからね。でもね。あなたにだけ教えるけれど」

と彼女は言ってちょっと含み笑いをし、しばらく考えて口にした。

「この厄除人形も効果あるんですが、もっと優れた身代わり厄除けがあります。

私は仕事柄いろんな人に接し、スピリチュアルなものも長年扱っているので、初めて会った人でもその人の背景にあるものが自然と見えてくるんです。何か悩みを抱えているとか、これからよいことが起こりそうだとか。ですが、この前来たお客さんには正直な話、ちょっとびっくりしました。あまりにも典型的な人だったから」

彼女の声が、引き込まれるようなうっとりとした調子に変わった。

「もっとも優れた身代わり厄除け……それは生身の人間です。

身代わりになってくれる人。厄を引き受けてくれる人です。

それには大きく分けると二つのタイプがありますが、一つめは何でも人といっしょにしたがる人、人のものをなんでも欲しがったり、人の立場をうらやましがったり、ポジションを取って代わろうとする人。なぜか人の持っているものがよく見えてしまう人がいるでしょう。本人はそんなつもりはなくても結果的に厄を引き受けてくれるので好都合です。

またそれとは別に他人のことでも我がことのように感情移入しやすい人。相手と自分を同一視してしまう人。共鳴しやすいというか、共振しやすいというか。そういう人も悪いところも含めて全部かぶって吸収してくれます。

だから、あまりに人のことを心配して考えすぎるのもいけません。ほどほどにしないとね。でもこの二つのタイプ、実は根っこではつながっている。いっしょなのかもしれません。もしあなたの身近にそういう人がいたら大切にしてください。きっとあなたの不運を全部受け止めてくれる」

「でも……」

私は彼女の話には、何だかもやもやと引っかかるところがあった。

「でも何ですか」

「友達ってそういうものじゃないんですか。喜びも悲しみも共有して分かち合うのが、友達でしょう?」

「もちろんそうですよ。あなたの言うことは私にもよく分かります。嬉しいとき、辛いとき、そばにいて支えてくれる友達がいなかったら、毎日は味気ないものになるでしょう。でも、相手に感情移入するにも程があるんです。程度の問題なのです。

そういう人が厄除人形を持っても、身代わりの身代わりですから自分が吸収してしまうだけです。悪運はかえって強くなってしまいます」

私は黒っぽい魔女のような恰好をした女性が、勝ち誇ったような顔をしているのを不思議な気持ちで見つめていた。

「おかげで私も決心がつきました。私、この店を閉めることにしたんです」

彼女は白髪交じりの艶のない髪を触りながら言った。


私もずいぶん察しが悪い方だ。

「ローズマリー」の女店主の話の暗示するところ、示唆するところにすぐに気づかなかったのだから。

つい最近来た客。人のものを何でも欲しがる人。

相手と自分を同一視してしまう人。他人のことでも我がことのように思う人。

……そういう人が身代わりになってくれる人です。

私はずっと疑問に思っていた。彼女だったらいくらでも自分を好いてくれる候補者が他に大勢いたのに、なぜ自分の親友のことを好きだと言っている男に近づいたのだろうか。待っていればもっといい人が現れたかもしれないのに、なぜ薄田程度の男に簡単になびいたのだろうか。

あの女店主の言葉を踏まえて考えてみればよく理解できるのだった。

薄田と付き合いだしてから変わっていく瞳に、「瞳は素直だからだんだん彼の色に染まっていくんだね」と初めのうちは同情していた友達も、次第に呆れて離れていった。

「あの二人って本当は似た者同士かもしれないわね」

「あいつが私から離れてくれたのはいいけれど、なんだかすごく腹が立つ」

あのときは腹が立ったけれども、結果的に私は薄田から逃げることができたのだ。

いろいろ理屈を並べてつきまとう、うるさい男を厄介払いできたのだ。

本当は気づいていたんじゃないの？

「そういう人が厄を引き受けてくれる人です」

私は心の奥底で誰のことだか分かっていた。

あの女店主が言っていたのは、瞳のことだと。人一倍感化されやすい、取り込まれやすい瞳のことを言っていたのだと。

私は、本当は気づいていたのに、見て見ぬふり、知らんぷりしていたんだ。

空を見上げて

瞳が亡くなったのは一年前。

二十八歳の夏だった。十八のときに発病して以来、約十年の闘病生活だった。

若くして病になった瞳は常に複数の薬を飲んでいた。最初の病気の治療のために強い薬を使い、その副作用を抑えるためにまた別の薬を使う。その副作用に苦しみまた別の薬を使うという堂々巡りだった。薬の種類はどんどん増えていき、常に様々な症状に悩まされていたという。

いつ何があってもおかしくない状態だったのだろう。

室内で倒れていたのをお母さんが見つけたという。

幸いだったのは家族がそばにいて、すぐに発見され病院に運ばれたことだろう。

結局、瞳は薄田とは別れたと聞いた。近くに住んでいて、以前から冗談のように「誰も引き取り手がなかったら、俺が一生面倒見るよ」と言っていた従兄と籍を入れていたそうだ。

それだけは本当によかったと思う。

瞳の葬式はごく少人数で行われた。両親と親戚たち、そしてわずかな友達。

学生時代はいつも大勢の友人に囲まれていた瞳だったのに寂しい別れだった。

親友の下川礼子さんと福永亜希さんは後日、家を訪れたそうだ。

瞳と礼子さんと亜希さん。学年の中でもひときわ目立っていた三人だった。

それぞれに卓抜した能力を持っていて、一緒にいることでさらにお互いの存在感を増していた。

礼子さんは、アメリカへの留学が決まったと聞いた。

確か、今日が出発の日だ。

彼女たちは、方向性は違っても同じように明るい道を進むと思われていたのに。

どこでこれだけ違ってきたんだろう。どこでこんなに差がついたんだろう。

世の中は、なんて曖昧で唐突で予測不能なものなのか。無常さを感じられずにはいられない。瞳といっしょに過ごした時間は、一瞬のようにも、ものすごく長い間だったようにも思えるのだ。


どこまでも歩いていけるような気持ちの良い春の日だった。

静かなざわめきが街全体を包み、うっすらと淡い黄色に霞みがかかっていた。

水彩絵の具で描いたような澄んだ青い空を見上げると、遠く高いところをおもちゃのような白い小さい飛行機が水平にゆっくり移動しているのが見えた。

優雅に飛んでいるように見えても、飛行機は一秒に約三〇〇メートル進んでいる。時速約八六〇キロメートル。マッハ〇・八。

凄いスピードで動いている。

高校の校庭にあった陸上トラック。私はあのトラックを必死で走った日のことを思い出した。私たちは何かに向かって常に走り続けている。立ち止まっている暇なんてない。ずっと走り続けてスピードを維持しなかったら失速して落ちてしまう。

礼子さんはあの飛行機に乗ったのだろうか。

彼女は皆のいるところから、またいっそう手の届かない遠くに行ってしまった。

大学での研究のためアメリカへと旅立ったのだ。

瞳もまた青空の向こうへと旅立った。二度と帰ってこないところへ。

私は何かの答えを見つけるように、しばらく「ローズマリー」跡の前に立っていた。

〝一番かわいい子が一番幸せになるとは限らないんだね〟

それは思いがけず私の心の底から出てきた問いかけだったし、瞳に送る最後の言葉だった。

でも、返事をする者は誰もいなかったので、私の思いは青い空に浮かぶ白い雲に吸い込まれていった。

あとがき

『カクテルグラスの夜景』はまずタイトルを決めて書いた小説でした。

当時仲良くしていた車の運転が大好きな友達（残念ながら女友達）が「カクテルグラスの夜景があるのよ。これから見に行こうか」と突然ロマンチックなことを言いだしたのです。何のことか分からなかったけれど、「面白そう」と思ってついて行ったのですが、なるほど、そういうことでしたか。

その頃、小説を書いてみたいと思いながら、なかなかものにならず挫折感を味わっていた私はピンとひらめきました。このフレーズをタイトルにした小説を書いてみよう。きっと魅力的な小説ができるはず。

ハイライトシーンは、すぐに思い浮かびました。あとはそこに至るまでの人間ドラマです。当初思いついたストーリーは単純でしたが、時間をかけて少しずつ膨らませていって今の形になりました。

それにしても、友達の目のつけどころというかセンスには感謝しています。私にインスピレーションを与え、ぜひ小説として完成したいと思わせてくれたのですから。

私はあれこれストーリーを考えながら、彼女の着想をひそかに我がものにしたようで気になっていたのですが、しばらくして会った時に話を振ってみると、あっさりと「ああ、あのどんぶり鉢の夜景ね」。

私が一瞬にして心とらわれた「カクテルグラスの夜景」というロマンチックな表現に、彼女はこだわりを持っていなかったのでしょうか。

この夜景は、日本中いろんなところで見られると思います。夜に車を走らせるのが好きな人であれば誰でも見つけることができるでしょう。

件の彼女とはその後連絡が取れなくなったので、あの日車を走らせて見た夜景がどこにあるか私には探し当てられません。

でも、私の住んでいるこの街のどこかに「カクテルグラスの夜景」は眠っているのです。

著者プロフィール
上埜 月子（こうの つきこ）
おうし座のO型。地方都市在住。ブログで小説を書いています。

カクテルグラスの夜景

2025年1月15日　初版第1刷発行

著　者　上埜 月子
発行者　瓜谷 綱延
発行所　株式会社文芸社
〒160-0022 東京都新宿区新宿1－10－1
電話 03-5369-3060（代表）
03-5369-2299（販売）

印刷所　株式会社フクイン

ISBN978-4-286-26128-7